KB102209

탑 레시피가 보여!

탑 레시피가 보여! 3

레오퍼드 장편소설

초판 1쇄 찍은 날 § 2017년 4월 26일
초판 1쇄 펴낸 날 § 2017년 5월 3일

지은이 § 레오퍼드
펴낸이 § 서경석

편집책임 § 조현우
편집 § 이창진

펴낸곳 § 도서출판 청어람
등록번호 § 제387-1999-000006호
등록일자 § 1999. 5. 31
어람번호 § 제1-2681호

주소 § 경기도 부천시 부일로 483번길 40 서경B/D 3F (우) 14640
전화 § 032-656-4452 팩스 § 032-656-4453
http://www.chungeoram.com
Email § chungeorambook@daum.net

ⓒ 레오퍼드, 2017

ISBN 979-11-04-91302-0 04810
ISBN 979-11-04-91243-6 (세트)

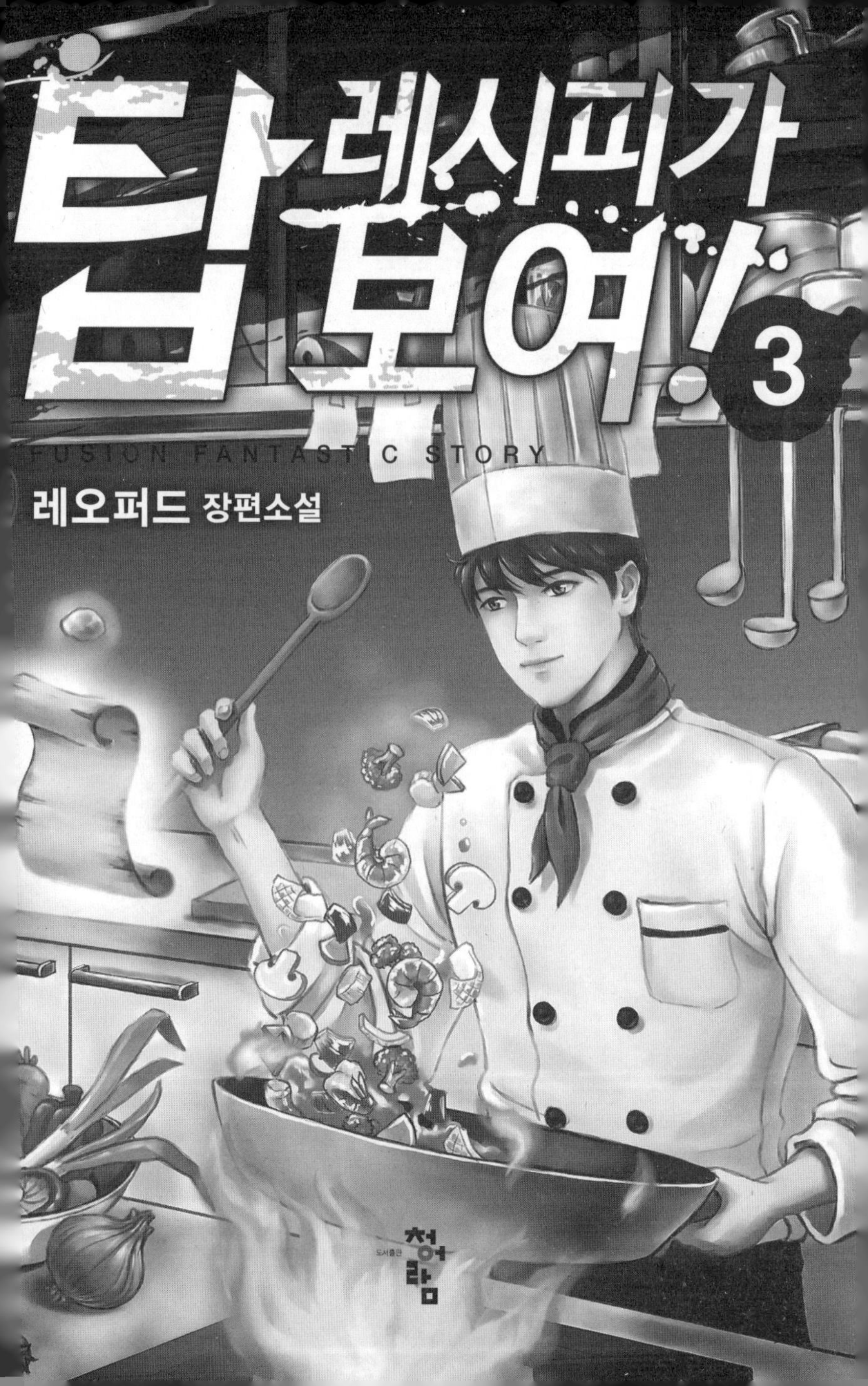
탑 레시피가 보여! 3
FUSION FANTASTIC STORY
레오퍼드 장편소설
도서출판 청어람

Contents

"하루 종일 말고 낮에는 할 수 있긴 한데……."

호검이 무슨 일인지는 모르나 낮에는 시간이 있다고 조심스럽게 말했다.

"약속이 몇 시인데?"

"오후 한 4시쯤부터 밤까지요."

"저녁 타임이잖아. 그때가 가장 바쁠 때일 텐데. 흠……."

"아, 그래요? 어떡하지……. 근데 무슨 일이신 거예요?"

호검이 일단 무슨 일 때문인지 물었고, 민석은 호검에게 자초지종을 설명했다.

"내일모레, 그러니까 이번 주 일요일에 하루 종일 내가 〈라비올〉을 맡아주기로 했거든."

"〈라비올〉요? 그, 한강에 있는 수상 레스토랑 말씀이세요?"

수정이 깜짝 놀라 되물었다. 호검은 〈라비올〉 레스토랑에 대해 몰랐지만, 수정의 반응에 꽤 이름난 곳일 거라 추측했다.

"응, 맞아. 거기 오너와 내가 좀 아는 사인데, 셰프들이랑 문제가 좀 생겼나 봐. 워낙 거기 장사가 잘돼서 쉬는 날이 거의 없다시피 하니까, 헤드 셰프랑 수 셰프가 이번 일요일에는 무조건 쉬겠다고 했다나 봐. 나머지 셰프들은 어떻게 말렸는데, 그 둘은 아무리 일당을 많이 쳐준다고 해도 소용이 없대."

"그럼, 그날 원장님이 봐주시기로 한 거예요?"

수정이 민석에게 물었는데, 그녀는 굉장히 들떠 보였다. 수정의 물음에 민석은 고개를 크게 끄덕이며 말했다.

"응. 이미 그날 예약도 다 차 있는 상태라 그날 하루만 좀 봐줄 수 있냐고 하더라고. 사실 자기가 아는 다른 셰프들은 다들 레스토랑에서 근무하고 있으니까 그날 시간이 나는 사람이 없어서 그렇다고 간곡히 부탁을 하는데, 거절할 수가 있어야지. 사실 그 친구가 나 힘들 때 도와준 적도 있고 해서 말이야. 근데 사실 너희들도 이제 이태리 요리에 대한 걸 거의 다 마스터했으니 실습도 해보면 좋을 것 같았거든. 안 그래도 실습 좀 시켜볼까 하던 차에 잘되었다고 생각하기도 했어."

"정말요? 전 너무 좋아요! 실습하는 것도 좋고, 그 실습을 〈라비올〉에서 할 수 있다는 건 더 좋아요! 호검아, 너도 실습하면 정말 도움 많이 될 거야. 하자, 응?"

수정은 활짝 웃으며 좋아하다가, 호검의 팔을 붙잡아 흔들며 그를 졸랐다.

"으음. 취소하기가 곤란한 약속인데……"

"이런 기회 흔치 않아. 그리고 〈라비올〉이 얼마나 낭만적인데! 한강 위에 떠 있는 레스토랑, 라비올! 거기 저녁에 야경도 좋고, 정말 멋지단 말이야."

수정은 계속해서 여러 가지 측면으로 호검을 설득하려고 했다.

"근데 차 강사, 차 강사 말대로 야경이 멋지긴 한데, 저녁에 주방에서 일하느라 그런 야경 구경할 시간은 없을걸?"

민석이 수정에게 팩트는 확실히 짚어주었는데, 수정은 상관없다는 듯 말했다.

"아, 뭐, 그럼 일 끝나고 나오면서 구경하면 되죠! 아무튼, 호검아, 실습 가자, 응?"

"일단 그럼 그 약속 취소할 수 있을지 알아보긴 할게요."

호검의 생각에도 레스토랑에서 잠깐이라도 일해보면 경험도 되고 좋을 것 같았다. 물론 그가 보쌈집을 해보긴 했지만, 이런 레스토랑 일은 또 다를 테니 어떻게 주방이 돌아가는지도 궁금했다.

호검이 약속이 취소 가능한지 알아보겠다고 하니, 수정이 화색을 띠며 호검에게 물었다.

"좋아! 당장 알아볼래?"

"아니, 좀 이따가 내가 연락해 볼게."

"알겠어. 근데요, 원장님, 원장님이 헤드 셰프실 거고, 그럼 저희는 수 셰프로 가는 건가요?"

수정이 호검의 대답을 듣자마자 민석을 휙 돌아보며 물었다.

"일단 그런 셈이지. 수 셰프 격은 맞아. 원래 필요한 인원이 헤드 셰프와 수 셰프 이렇게 둘인데, 너희 둘이 수 셰프 역할을 나눠서 하면 되는 거지. 너희 둘 다 경험이 없어서 혼자 맡기엔 어려울 수 있으니까. 그리고 거기 너희 말고 조리사 여섯 명이 있어서 각자 일을 분담해서 하고 있어. 고기 굽는 담당 따로 있고, 소스 만드는 담당 따로, 디저트 담당 따로 있어. 그 외에는 서로 분담해서 하고 있고."

"와! 근데 수 셰프를 하기엔 저희 나이가 어리지 않나요? 다른 조리사분들이 저희보다 연배가 있으실 텐데."

"수 셰프 격이라고 했지 수 셰프라고는 안 했어. 그냥 너희들은 날 보조한다고만 생각하면 돼. 근데 뭐, 실력 있으면 되는 거지. 사실 〈라비올〉 음식이 뭐 그리 뛰어난 편은 아니거든. 차 강사도 가서 먹어봤으면 알 텐데?"

"음, 거기 좀 맛이 들쑥날쑥하긴 하더라고요. 전 그래도 그다지 입맛이 예민한 편은 아니라서 이 정도면 괜찮다고 생각하고 먹긴 했어요. 여자들은 분위기에 약해서 그런가, 거기 분위기가 좋아서 음식이 먹을 만은 했던 것 같아요. 호호."

둘의 대화에 이번엔 호검이 끼어들어 물었다.

"근데, 〈라비올〉은 왜 그렇게 인기가 좋은 거예요? 음식이 그렇게 뛰어나진 않다면서요."

"수상 레스토랑이라는 점이 메리트가 있는 거지. 오너도 이 사실을 알아서 아주 좋은 셰프를 쓰려고 하진 않는 거 같아. 훌륭한 셰프를 쓰려면 돈이 많이 나가니까."

"아……."

"그래서 메뉴도 별로 안 바꾸고 거의 5년간 변화가 없었을 거야."

이번엔 다시 수정이 바통을 받아 질문을 이어갔다.

"참, 그럼 그날 메뉴는 원래 〈라비올〉에서 하던 메뉴를 저희가 연습해 가야 하는 건가요?"

"아니, 마침 일요일은 스페셜 메뉴로 구성하기 때문에 우리 마음대로 메뉴를 만들어 가면 돼. 내일 새로운 레시피 짜서 준비해 가야지. 내가 내일 짜 올 테니까 같이 연습 삼아 만들어보고, 일요일 새벽에 장 봐서 〈라비올〉로 가면 될 것 같아.

아, 특히 플레이팅을 잘해 가야지."

"와, 새로운 메뉴까지 만들어볼 수도 있고, 정말 재밌겠네요!"

수정은 벌써 〈라비올〉의 셰프가 된 듯한 표정이었다. 민석의 설명을 더 듣고 나자 사실 호검도 해보고 싶은 마음이 커져 있었다.

호검은 대화를 마친 뒤 사무실에서 나와 1층 학원 입구로 내려갔다. 그리고 곧바로 강 이사에게 전화를 걸었다.

"여보세요. 강 이사님, 강호검입니다."

─우리 강 셰프님! 안녕하세요. 마침 전화를 드리려던 참이었어요.

"네? 무슨 일로요?"

강 이사가 전화를 주려고 한 이유는 두 가지 중 하나일 것이다. 그날 초대되는 손님이 몇 명인지 알려주는 것이나, 혹은, 시간 변경. 호검은 그게 제발 시간 변경이길 바랐다.

─일요일에 오실 분이 저 말고 두 분 계신대요,

"아……."

윽. 시간 변경이 아니라 손님의 명수라니. 호검은 낙심했다.

그 짧은 순간, 호검은 먼저 약속 취소가 가능한지 물어볼까, 아니면 아예 집안에 엄청난 일이 생겨 못 갈 것 같다고 거짓 핑계를 대버릴까, 그것도 아니면 그냥 〈라비올〉 실습을 포기해야 할까, 여러 가지 생각들이 머릿속에서 교차했다.

─그런데, 두 분 중 한 분이 갑자기 일이 생기셔서 약속 시간을 변경하고 싶다셔서요. 혹시 수요일 저녁 괜찮으실까요? 그날, 크리스마스 저녁이라 죄송스럽긴 한데, 쉬는 날밖에 시간이 안 된다셔서요.

"그럼 이번 일요일 저녁이 아니라, 크리스마스 저녁으로 약속을 변경하시고 싶으시다는 거죠? 네! 좋습니다. 크리스마스 날 전 괜찮습니다. 하하하."

호검은 속으로 쾌재를 불렀다. 얼굴은 모르지만, 갑자기 약속이 생기신 그분에게 매우 고마웠다. 강 이사는 호검이 호탕하게 답하자 안도하며 물었다.

─그래요? 정말 다행이네요. 근데 크리스마스 날 약속 없으세요?

"아, 뭐……. 네."

─여자친구 없으신가보다. 그럼 제가 한 분 소개시켜 드릴까요? 저 아는 여자 많은데! 요즘 요섹남이 인기라서 강 셰프님 소개시켜 주겠다면 여자들이 줄을 설걸요?

"요섹남이요?"

호검이 요섹남이 뭔가 싶어 되물었다. 그러자, 강 이사가 싱글벙글 웃으며 요섹남의 뜻을 알려주었다.

─요리를 잘하는 섹시한 남자요. 하하하.

"아하. 하하하하. 으흠. 괜찮습니다. 전 할 일이 많아서 연애할 시간이 없어서요. 말씀은 감사합니다."

―아, 나도 요섹남이 되어야 하는데, 언제 강 셰프님한테 요리 좀 배워볼까요?

"원하시면 가르쳐 드릴게요."

―근데 사실 전 요리에 젬병이라서……. 그냥 강 셰프님처럼 훌륭한 셰프님이 만들어주는 요리를 먹는 게 좋습니다. 하하하. 아무튼, 나중에 언제든지 외로우시면 말씀하세요. 제가 좋은 여자 소개시켜 드릴게요.

"네, 감사합니다. 그럼, 수요일에 뵙겠습니다."

호검은 의외로 일이 잘 해결되어 기뻤다. 그런데 그때, 수정의 목소리가 들려왔다.

"요섹남? 요리 잘하는 섹시한 남자?"

"아, 깜짝이야."

호검이 놀라 고개를 들어보니, 수정이 계단 위에서 고개를 빼꼼 내밀고 호검을 쳐다보고 있었다. 수정은 천천히 계단을 내려오더니 또 물었다.

"누가 너 요섹남이래?"

"아, 아는 분이 요섹남이 대세라면서 여자 소개해 줄까 물으셔서."

"아, 그래서 연애할 시간이 없다고 한 거구나?"

"응. 참, 나 그 약속 취소됐어."

"정말? 잘됐다! 그럼 우리 일요일에 〈라비올〉로 출동하는 거네! 신난다! 호호호."

수정은 신이 나서 얼른 민석에게 보고한다고 계단을 뛰어 올라 갔다.

                    *   *   *

다음 날 아침 수정과 호검이 학원에 출근을 하자마자, 민석이 호검과 수정에게 자신이 짠 코스 요리 레시피를 보여주었다.

"일단 내가 구성은 짰는데, 너희들이 보고 뭐 더 추가하고 싶거나 의견 있으면 말해봐. 이거, 〈라비올〉에 연락해서 구할 수 있는 식재료 중심으로 짠 거야. 그러니까 주재료들은 이걸 기본으로 해야 한다는 거지."

민석이 보여준 코스 요리 레시피는 두 가지였다. 먼저 A코스에서 안티파스토는 연어 크림치즈 롤, 주파는 제노베제 야채 스프, 프리모 피아또는 게살표고 파스타, 세콘도 피아또는 양고기 요리, 돌체는 수플레로 구성되어 있었다.

호검과 수정이 A코스 요리들을 훑어보는데 옆에서 민석이 말문을 열었다.

"식전빵은 로즈마리 포카치아로 할 거고. 뭐 이건 그렇게 중요한 건 아니지만. 〈라비올〉에서 가능한 빵으로 내도 되는데, 로즈마리도 분명 있을 거고, 포카치아야 기본이니까 다들 만들 줄 알겠지."

호검과 수정은 그의 말에 고개를 끄덕였고, 이윽고 민석이 준비한 메뉴들에 대해 의논하기 시작했다.

"오, 이거 연어 크림치즈 롤 맛있겠네요!"

"근데 연어는 사워크림과 더 잘 어울리지 않을까요?"

호검이 혹시라도 민석이 언짢아할까 봐 매우 조심스럽게 말을 꺼냈다. 하지만 민석은 그런 것에 기분 나빠 하는 성격은 아니었다. 그러니 이렇게 자신의 레시피를 보여주면서 의견을 내보라고 한 것이다.

"음, 그래 사워크림이 더 나을지도 몰라."

"근데 난 크림치즈 좋은데!"

원래 수정은 연어도 좋아하고, 크림치즈도 좋아했다. 그런데 이 둘을 합쳐놓았으니 매우 만족스러웠던 것이다.

"뭐, 그럼 호검이가 연어와 사워크림을 사용해서 안티파스토를 어떻게 만들 수 있을지 이따 만들어서 맛보면서 결정하기로 하자. 그리고 참, 여기 양고기 요리 말이야, 여기 가니시가 필요한데 추가로 어떤 가니시가 좋을지 생각해 봐."

"네! 음, 여기 제노베제 야채 스프는 토마토 베이스 스프인 거죠?"

호검이 제노베제 야채 스프 레시피를 훑어보다가 물었다.

"맞아. 안티파스토에 크림치즈가 들어가서 일부러 토마토 베이스로 잡았어. 수정이 넌, 이거도 크림스프 하고 싶지?"

민석이 호검에게 대답해 주더니, 피식 웃으면서 수정에게 물었다.

"네. 호호호."

"내가 우리 차 강사 취향을 알지. 하하하."

"그래도 코스 구성상 토마토 베이스로 가는 게 좋을 것 같아요. 제 생각에도요."

민석과 호검, 수정은 함께 레시피에 아이디어를 내면서 상의를 했고, 저녁때는 재료를 사 와서 직접 내일 할 요리를 만들어보거나 플레이팅 연습을 했다.

민석은 일부러 호검과 수정에게 연습이 되라고 조금씩 소스를 주면서 그들의 아이디어를 이끌어냈고, 호검과 수정은 그 어느 때보다 열심히 레시피 구성에 밤늦게까지 열성적으로 참여했다.

그리고 드디어 일일 셰프 실습을 가는 일요일 아침이 밝았다.

*   *   *

호검은 아침 일찍 자신의 칼과 요리사의 돌을 챙겨 집을 나섰다. 요리사의 돌은 만약을 대비해서였다. 사실 요리사의 돌은 호검의 주머니에 그저 있는 것만으로도 그에게 안정감을 주었기에, 오늘처럼 긴장되는 일이 있을 경우에 호검은 요리사의 돌을 가져가곤 했다.

어제, 레시피를 짤 때는 민석이 거의 다 짜 온 레시피에 추가만 조금 하면 되어서 호검은 요리사의 돌을 쓰지 않았었다. 그리고 지금 호검의 실력으로 그 정도는 요리사의 돌 없이도 충분히 할 수 있었기도 했다.

호검과 수정은 〈라비올〉 레스토랑 앞에서 만났다. 수정은 〈라비올〉 레스토랑 앞에 서서 레스토랑의 외관을 천천히 둘러보며 호검에게 말했다.

"여기는 외관 벽을 통유리로 만들어서 한강 야경이 되게 잘 보여. 테이블들도 창가를 쭉 둘러서 배치되어 있거든? 난 저쪽 대교가 보이는 자리에 앉아봤는데, 정말 야경이 끝내줬어! 오늘도 밤이 되면 볼 수 있겠지? 기대된다, 호호호."

"후아. 나도 기대되네."

호검의 기대된다는 말의 의미는 두 가지였다. 하나는 수정의 말대로 〈라비올〉 레스토랑 안에서 바라보는 한강의 야경이었고, 다른 하나는 레스토랑에서는 처음 해보는 셰프 실습에 대해서였다.

둘은 천천히 대화를 나누며 레스토랑 건물과 한강 변을 잇는 다리를 건넜다. 수정은 이 다리를 건너는데도 들뜬 목소리로 말했다.

"난 이 다리를 건너는 것만으로도 막 기분이 좋아. 한강 위에 떠 있는 배를 타는 것 같잖아! 맛있는 음식과 멋진 분위기를 가진 배."

호검은 이런 분위기를 좋아하는 수정을 보고 〈라비올〉 레스토랑의 사장이 음식에는 그다지 신경을 쓰지 않는 이유를 납득했다.

'뭐, 수상 레스토랑이라…… 색다르긴 하네.'

레스토랑으로 들어서자, 민석이 카운터 앞에서 퉁퉁한 남자와 이야기하는 모습이 보였다.

"여기 주인인가 봐."

수정이 호검의 귀에 속삭였다. 수정과 호검이 민석에게로 다가가자, 민석이 그 퉁퉁한 남자에게 수정과 호검을 소개했다.

"아, 여기는 우리 학원 보조 강사를 하고 있는 차수정, 강호검이야. 이쪽은, 여기 〈라비올〉 레스토랑의 심태진 사장님."

"안녕하세요."

"안녕하세요."

수정과 호검은 최대한 밝은 미소로 태진에게 인사했다. 태진은 수정과 호검이 다소 어려 보여 놀란 눈치였다.

"아, 안녕하세요. 저 둘 다 동안인 거야, 아니면 실제로 어려?"

태진이 일단 수정과 호검의 인사를 받은 후 곧바로 민석을 돌아보고 물었다. 그러자 민석이 웃으며 말했다.

"어리기도 하고 동안이기도 하지. 둘 다 스물다섯이야."

"흠, 너무 어린 거 아냐? 수 셰프 역할 할 수 있겠어?"

태진은 미간을 살짝 찡그리며 걱정스럽게 말했지만, 민석은 여유로운 표정으로 태진의 등을 두드리며 말했다.

"걱정 마. 실력들 좋으니까. 나 못 믿어?"

"믿지. 그러니까 내가 부탁하는 거지. 아무튼, 그럼 믿을게."

태진은 얼굴 표정을 조금 풀더니 다시 호검과 수정에게 말했다.

"오늘 잘 부탁해요."

"네! 열심히 해보겠습니다!"

호검과 수정은 살짝 묵례를 하며 대답했고, 태진은 테이블 세팅을 점검하러 자리를 떴다. 태진이 사라지자, 수정이 민석에게 슬쩍 물었다.

"그런데 원장님, 아니, 셰프님. 수 셰프의 역할은 정확히 뭔가요?"

"음, 안 그래도 지금 설명해 주려던 참이야. 원래 레스토랑 주방에서는 헤드 셰프에게 각 셰프들이 음식을 조리해서 가져오면 헤드 셰프는 음식이 제대로 만들어졌는지 확인하고 접시에 예쁘게 담지. 그리고 손님들에게 나가게 되지. 수 셰프는 각 셰프들이 조리하는 모든 요리를 할 줄 알아야 해. 지나다니면서 바쁜 셰프들 것도 대신 해주고, 망친 것도 다시 해주고, 어떻게 하라고 지적도 해주고 하면서 제대로 된 음식이 나오도록 도와야 하는 거지. 뭐, 헤드 셰프가 바쁘면 같이 플레이팅을 하기도 하고 말이야."

"아……. 그럼 저희가 돌아다니면서 각 셰프들이 조리하는 걸 확인해야 하는 거죠? 근데 대부분 저희보다 나이가 많으실 텐데……."

수정은 난감한 모양이었다. 나이도 자기들보다 많고, 또 경력도 많은 셰프들이 자신들의 말을 들어줄까 하는 걱정이 든 것이다.

"뭐, 그럴 수도 있는데, 이번 스페셜 코스는 우리가 짜 온 거니까 그걸 알려준다는 생각으로 하면 괜찮지 않을까? 아, 그리고 수정이 넌 플레이팅을 주로 돕도록 하고, 호검이가 돌아다니면서 다른 셰프들 돕는 걸 주로 하면 될 것 같아."

민석이 플레이팅하는 것을 주로 도우라는 말에 수정은 조금 안도하는 듯했다. 민석은 수정에게 탈의실에서 옷을 갈아

입으라고 먼저 그녀를 보내고 난 뒤, 호검에게 말했다.

"호검아, 넌 감각이 뛰어나니까 돌아다니면서 조리가 잘되고 있는지, 예를 들면 양고기를 그릴 담당 셰프가 굽고 있다, 그러면 가서 색을 보고 잘 구워지고 있는지 확인하고, 소스 담당이 소스 만들고 있으면 농도랑 맛 같은 것도 중간중간 확인하고 그러면 돼. 누가 잘 못 하면 대신 해줘도 되고. 할 수 있지?"

민석은 호검을 굉장히 신뢰하는 눈치였다. 그도 그럴 것이 몇 달 동안 호검을 옆에 두고 보아온 민석이었다.

후각, 미각이 뛰어난 데다가 이른 기억력도 좋고, 손맛도 뛰어나서 어떤 요리든 금방 따라 하는 호검이었기에 민석은 호검이 잘해낼 거라 확신했다.

"네!"

호검은 고개를 크게 끄덕이며 대답했고, 민석은 만족스러운 미소를 지었다.

"좋아! 그럼 호검이 너도 탈의실 가서 조리복으로 갈아입고, 곧장 주방으로 들어와."

"네, 알겠습니다."

수정과 호검은 조리복으로 갈아입고 주방으로 들어갔다. 이미 민석은 주방에 들어와서 헤드 셰프 자리에 서 있었고, 다른 셰프들도 각자의 조리대 앞에 자리를 잡고 서 있었다.

민석은 일단 자기소개를 끝마친 모양이었고, 각 셰프들이 자신의 소개를 간략히 하고 있었다.

"전 구이 담당 홍영광입니다."

"전 소스 담당 김기철입니다."

헤드 셰프 자리와 가장 가까운 조리대 앞에 서 있는 30대 초반 정도의 두 남자가 딱딱한 말투로 말했다. 나머지 셰프들은 파스타 담당 한 명, 전채 요리 담당 한 명, 디저트 담당 한 명, 그리고 재료 준비와 설거지 등을 하는 막내 셰프 한 명이 있었다. 다른 셰프들은 다 호검과 수정보다 나이가 많아 보였지만, 막내 셰프는 호검과 수정 또래거나 더 어린 것 같았다.

호검과 수정이 눈치를 보며 민석의 옆으로 와서 서자, 민석이 그들을 다른 셰프들에게 소개했다.

"자, 여기는 강호검과 차수정. 나이는 좀 어리지만, 오늘 내가 준비해 온 스페셜 코스에 대해서 잘 알고 있으니까 레시피에서 궁금한 점 있으면 이 친구들한테 물어보면 될 겁니다. 물론 나한테 물어봐도 되고. 서로 인사 좀 나누고, 레시피 설명 바로 하도록 하겠습니다."

〈라비올〉 셰프들과 쿠치나투라 보조 강사들의 어색한 인사가 잠시 이어졌는데, 호검과 수정은 셰프들이 호검과 수정에게 그다지 호의적인 것 같지 않다는 인상을 받았다. 주방 막내인 이보성만 빼고.

"안녕하세요. 전 23살 이보성이에요. 잘 부탁드립니다!"

보성은 때 묻지 않은 밝은 미소를 보이며 호검과 수정에게 인사했다. 그의 밝은 인사에 다른 셰프들이 그를 째려보았고, 보성은 자신이 뭘 잘못했나 하고 당황한 표정을 지었다.

호검은 그를 보자, 중학교 시절 고아원에서 뛰쳐나와 〈오대 보쌈〉에 막내로 취직했을 때 생각이 났다. 초반에는 일도 고되고 힘들었기에 그는 주방 막내가 얼마나 힘든지 알고 있었기에 그는 보성에게 친절하게 말했다.

"아, 네. 안녕하세요. 원래 주방은 막내가 제일 힘든데, 오늘 수고 좀 해주세요. 잘 부탁드려요."

인사가 끝나자, 민석이 자신의 스페셜 코스 요리 레시피에 대해 설명했는데, 기존의 조리법과 다른 것들을 따로 짚어주었다.

"A코스에서 연어 롤은 크림치즈와 사워크림을 2 : 1 비율로 섞은 후 케이퍼를 좀 크게 다져 넣어주세요. 제노베제 소스에는 캐슈넛 말고 잣을 사용해 주시고요. 마늘을 적게 넣어주세요. 스프에 섞이는 거라서 마늘이 적어야 하거든요. 기름기를 모두 제거한 양고기는 마조람, 오레가노, 레몬, 요거트에 재워주세요."

"양고기는 우리가 원래 재우는 방식이 있는데요?"

구이 담당 셰프인 영광이 불만 가득한 표정으로 말했다. 원래 하던 방식이 있는데 왜 새로운 방식으로 귀찮게 하느냐는 투였다. 영광이 이렇게 치고 나오는 걸로 보아 이 중에서 가장 고참인 것 같았다.

'뭔가 불만이 많은 것 같네? 오늘 자기도 쉬고 싶은데 못 쉬어서 그런가? 아니면……'

사실 이 양고기를 재우는 방법은 호검이 하는 방식이었기에 호검은 조금 눈치가 보였다. 호검의 옆에서 수정도 조금 싸늘해진 분위기에 몸이 굳은 채 가만히 민석을 쳐다보았다.

민석은 영광의 말을 듣고는 부드러웠던 표정을 잠시 거두더니 목소리를 낮게 깔고 말했다.

"오늘 여기 주방의 헤드 셰프 누굽니까?"

호검은 민석의 그런 카리스마 있는 모습은 처음 보았다. 학원에서는 항상 친절한 원장님이었던 민석이 저렇게 딱딱하고 강한 어조로 말하다니.

〈라비올〉 셰프들도 민석의 카리스마를 느꼈는지 꿀 먹은 벙어리가 되어 눈치만 보고 있었다.

"헤드 셰프는 접니다. 하루를 맡아도 헤드 셰프는 헤드 셰프인 겁니다. 여러 가지 방식 중에서 이게 가장 양고기의 잡내를 잘 잡아주기 때문에 이렇게 하는 거고요, 오늘 하루 절 잘 따라주셨으면 좋겠습니다."

민석은 반말을 하거나 소리를 지르진 않았지만, 그의 말투에는 카리스마가 느껴졌다.

그리고 민석이 한번 이렇게 강하게 나가주자 그 이후로는 영광도 아무런 토를 달지 않았다.

"B코스의 메로구이는 로즈마리와 버터를 사용할 거고요. 포르치니버섯뿔로 리조또에 들어갈 건포르치니 버섯은 미리 불렸다가 건져서 따로 보관해 주세요. 자, 미리 재워둘 것들, 소스들 지금 바로 다 준비해 주시고요, 가니시도 준비해 주세요."

디저트 담당은 곧바로 수플레를 만들기 위한 반죽을 만들기 시작했고, 나머지 셰프들도 재울 것들은 재우고, 필요한 재료들을 세팅했다. 주로 막내를 불러 시켰지만.

"보성아! 페투치네 가져와!"

"보성아, 바질이랑 잣 가져와!"

"보성아, 크림치즈! 사워크림 가져와!"

주방 막내인 보성은 발붙일 틈 없이 식재료 창고와 주방을 왔다 갔다 하며 다른 셰프들의 시중을 들었다.

호검과 수정은 정신없이 돌아가는 주방을 파악하려고 한쪽에 서서 모든 셰프의 움직임을 유심히 관찰하고 있었다. 민석이 아무래도 경험 없는 호검과 수정이 이런 주방에서 정신이 없을 줄 알고 일부러 한쪽에 서서 먼저 관찰부터 하라고 시켰던 것이다.

"와, 정신없다……."

수정이 넋이 나간 듯 중얼거렸다. 호검도 정신없기는 마찬가지였지만, 온 정신을 집중해서 셰프들의 행동을 파악하고 있었다.

'식재료는 보성을 시키면 가져오고, 한번 사용한 냄비와 팬은 저기에 담고, 그럼 막내가 가져가는구나. 주방 도구들은 저기 걸려 있고, 파스타는 저쪽……'

그사이 민석은 익숙한 듯 주방을 돌며 소스의 맛을 보거나 셰프들에게 다시 한번 준비할 재료들을 알려주고 있었다.

그러던 중, 영광이 보성을 보고 소리쳤다.

"마조람이랑 요거트 가져와!"

"네!"

보성은 영광의 말에 가니시로 사용할 채소들을 따로 담다 말고 쏜살같이 뒤쪽 식재료 창고로 달려갔다. 그런데 보통 때였으면 30초면 가져왔을 텐데, 2분이 지나도록 보성이 나타나지 않았다.

그러자 영광은 화가 나서 고래고래 소리를 질렀다.

"아, 이 자식이 마조람을 만들어 오나? 야! 이보성!"

수정은 살짝 겁에 질려 호검의 팔뚝을 꽉 잡았다. 하지만 보통 주방에서 셰프들이 괴팍하다는 것을 이미 알고 있는 호검은 별로 놀라진 않았다. 그는 수정을 다독이며 속삭였다.

"겁먹지 마. 원래 주방에서 다들 저런대."

영광은 원래부터 소리를 잘 질렀는지, 다른 셰프들은 그의 고함에도 별 반응 없이 묵묵히 자기들 할 일만 하고 있었다. 호검은 막내인 보성이 더 혼날까 봐 걱정이 되어 영광에게 말했다.

"제가 가볼게요."

호검은 안 그래도 식재료 창고를 둘러보러 가려던 참이었기에 얼른 식재료 창고로 달려갔다.

2. 강 위의 레스토랑 II

　호검은 사실 〈오대보쌈〉에서 막내로 있을 때 힘이 들긴 했지만, 워낙 어리다 보니 함께 일하던 형들이나 아주머니들이 그를 안쓰럽게 여겨서 그를 구박하거나 막 대하진 않았었다.

　그런데 여기 분위기를 보아하니 주방 막내인 보성은 평소에도 엄청 갈굼을 당할 것 같았다.

　'진짜 이런 레스토랑은 군기가 엄청 세구나…….'

　호검은 안쓰러운 마음으로 식재료 창고로 들어서서 고개를 이리저리 돌리며 보성을 찾았다.

　보성은 창고 한쪽 구석에서 요거트 통을 한쪽 팔에 낀 채로 우물쭈물대고 있었다.

"보성 씨! 왜 그러고 있어요? 홍 셰프님이 마조람 가져오라고 난리예요!"

"오! 마침 잘 오셨어요! 이거 둘 중에 어떤 게 마조람이에요? 이거 같기도 하고, 이거 같기도 하고……."

보성은 마조람 잎의 생김새를 잘 모르는 듯했다. 호검은 얼른 보성에게 다가가 그가 가리킨 두 가지 허브를 관찰했다.

"둘 다 아닌데요? 이건 오레가노고, 이건 크레송인데요?"

"네? 으악! 그, 그럼 어떤 거예요?"

"음……."

호검이 재빨리 허브가 담긴 통들을 휙 둘러보고는 마조람 잎을 찾아냈다.

"이거요! 이게 마조람이에요. 마조람이 오레가노 잎이랑 좀 비슷하죠. 아, 근데 양고기 재우는 데 오레가노도 들어가는데, 왜 오레가노는 가져오라고 안 하셨지?"

"오레가노는 마른 거 쓰실걸요? 그건 주방에 있어요. 건오레가노는 워낙 많이 쓰니까……. 근데 오레가노 생잎은 잘 안 써서 제가 잎을 잘 몰랐네요. 여기 들어온 지도 얼마 안 됐고요."

"아, 마른 게 향이 더 짙으니까 이번에도 그걸 쓰시려나 보군요. 아무튼 얼른 가죠!"

"네! 고맙습니다! 저거 둘 중에 하나겠지 싶어서 둘 다 조금씩 가져가서 물어볼까 했는데, 그랬으면 완전 욕을 바가지로 먹을 뻔했네요."

호검은 보성과 함께 식재료 창고를 달려 나왔고, 보성은 영광에게 요거트와 마조람을 건넸다. 영광은 역시나 보성에게 소리를 질렀다.

"너, 이 자식이! 바빠 죽겠는데, 어디서 노닥거리다가 이제야 나타나? 요거트 숙성시키다 왔냐? 마조람 직접 재배해 왔어?"

"죄송합니다."

"똑바로 해! 여기 일분일초가 아까운 거 몰라? 어? 요거트를 막 이렇게 만들다가 왔냐고! 마조람을 어디 가서 뜯어……."

영광이 보성에게 같은 말을 반복하며 계속 핀잔을 주고 있는데, 민석이 보성을 찾았다.

"어이, 막내! 창고에서 건포르치니버섯 좀 찾아다 줄래? 가니시할 크레송도 좀 가져다주고!"

누가 봐도 이건 영광에게서 보성을 구해주려는 의도임이 드러났지만, 그래도 헤드 셰프인 민석이 시키는데 영광이 계속 보성을 붙들고 있을 수는 없는 노릇이었다. 보성이 슬쩍 영광의 눈치를 보자, 영광은 말을 더 하려다 삼키고는 성난 표정으로 가보라는 고갯짓을 했다. 보성은 얼른 영광에게 90도로 인사를 하고는 휙 돌아 다시 식재료 창고로 뛰어갔다.

이 일이 있고는 셰프들 모두 다들 최대한 말수를 줄이고 각자 자신이 맡은 음식을 준비하는 데 열중했다. 기본적인 재료 준비가 끝나자, 민석은 코스의 모든 요리를 하나씩 시범을 보여주기 시작했다.

"A코스부터 시범 보이겠어요. 먼저, 연어 롤부터. 차 셰프!"

"네?"

민석이 갑자기 수정을 차 강사가 아닌 차 셰프라고 부르자, 수정이 흠칫 놀랐다. 하지만 이내 차 셰프라는 호칭에 기분이 좋은지 그녀는 슬쩍 미소를 지었다.

"시범 보여줘."

"아, 네."

수정은 시범을 보이라는 민석의 지시에 A코스의 안티파스토인 연어 롤을 만들기 시작했고, 민석은 옆에서 말로 설명을 했다.

"얇게 썰린 훈제연어를 이런 식으로 겹치게 놓은 후에 그 안에 사워크림과 크림치즈, 다진 케이퍼를 섞은 것을 넣고 돌돌 말아줍니다.……."

〈라비올〉의 셰프들은 수정이 만드는 걸 주목해서 지켜보았고, 수정은 조금 떨렸지만, 학원에서 수강생들이 지켜보는 것이라 생각하고 차분히 연어 롤을 만들어 나갔다.

A코스의 주파(스프)인 제노베제 야채 스프는 호검이 시범을 보였다.

야채 스프에는 양파, 당근, 샐러리, 양배추, 완두콩, 감자 등 많은 채소를 모두 작은 정육면체 크기로 잘라야 했는데, 호검은 엄청난 속도로 모든 채소들을 순식간에 다이싱했다. 게다가 그의 다이싱한 채소들은 일정한 크기였다.

〈라비올〉의 셰프들은 호검의 빠르면서도 정확한 손놀림에 눈이 휘둥그레졌다. 민석은 그런 그들을 둘러보며 은근한 미소를 지었다.

사실 민석은 일부러 수정과 호검에게 시범을 보이도록 한 것이었다. 수정과 호검의 실력을 어느 정도 보여줘야 다른 셰프들이 이들의 말을 잘 들을 것이니 말이다. 호검은 지금 민석의 의도에 아주 잘 맞게 요리를 능수능란하게 만들고 있었다.

"주파는 소스 담당이 만들죠? 이 야채 스프의 기본은 지금 만들어놓고, 주문이 들어오면 밥을 갈아 넣고 다시 한번 살짝 끓이면 돼요. 그럼 내가 그 위에 치즈와 바질 페스토 소스를 뿌려 마무리하게 되죠."

그때, 소스 담당 셰프인 기철이 살짝 손을 들더니 민석에게 물었다.

"그런데, 밥을 넣어야 하나요? 스텔레테 같은 작은 파스타를 넣지 않고요?"

기철이 의아해하자, 민석이 웃으며 대답했다.

"이따 이 야채 스프 베이스가 끓으면 한 그릇 만들어서 맛을 보여줄게요. 직접 맛을 보면 왜 밥을 넣었는지 알게 될 겁니다. 아, 이건 약불로 1시간 정도 끓여야 해요."

스프에 밥을 넣는 레시피는 호검이 아이디어를 낸 것으로, A코스의 야채 스프에도 밥이 들어가지만, B코스의 단호박 크림 스프에도 밥이 들어가도록 레시피가 짜여 있었다.

사실 이건 호검이 요리사의 돌로부터 얻은 스프 레시피를 활용한 것이었다. 그는 그 직전 주말에 강 이사에게 만들어줄 요리 레시피를 짜느라 요리사의 돌을 사용했는데, 그때 요리사의 돌이 밥을 넣어 만드는 스프를 알려주었었다. 그 스프는 왕새우를 넣은 감베로니 스프였는데, 밥을 갈아 넣었더니 쫀득한 밥 알갱이의 식감이 매우 좋았다. 강 이사도 그것에 극찬을 보냈었고. 그래서 호검은 이번 스프에 밥을 갈아 넣자고 제안했던 것이다. 물론 맛을 본 민석과 수정도 밥 알갱이의 쫀득한 식감이 매우 좋다며 스프에 파스타 대신 밥을 넣는 것에 찬성했다.

"네, 알겠습니다."

기철은 민석의 답에 고개를 끄덕이며 답했고, 민석은 계속

해서 수정과 호검에게 그들이 함께 준비해 온 요리들을 만드는 시범을 보이도록 시켰다.

"자, B코스의 세콘도인 이 감자를 감싼 메로구이는, 밀가루를 살짝 입혀서 채 썬 감자로 메로를 감싸주시고, 로즈마리와 버터에 이렇게 구워주시면 되는데요. 이렇게 버터를 끼얹어가면서 겉면을 바삭하게 익혀주시면 됩니다. 겉에 감싼 감자가 이런 황금빛을 띠게 될 정도로 익혀주시면 돼요."

메로에 감자를 감싸는 것 역시 호검의 아이디어였는데, 감자를 감싸는 것보다 더 좋은 아이디어는 바로 우유와 화이트 와인을 섞어 만든 소스였다.

호검은 감자가 황금빛이 돌자, 메로구이를 꺼내 스텐 접시에 담아두고는 다른 팬에 소스를 만들기 시작했다. 우유와 버터, 화이트와인, 후추 등을 넣어 만든 소스가 완성되자, 호검은 소스를 메로구이에 뿌렸다. 그리고 가니시로는 새콤한 말린 토마토를 곁들였다.

"자, 맛보세요."

다른 셰프들은 일제히 포크를 들고 메로구이를 맛보았다. 호검이 만든 메로구이를 맛본 셰프들은 다들 맛있다는 평을 했다. 처음 입에 넣을 때 보니 그 맛에 흠칫 놀라는 셰프들이 몇 있었으나, 다들 영광의 눈치가 보여 자제하면서 평을 하고 있는 것 같았다.

"맛있네요."

"조화가 좋네요."

영광도 인정하는 눈치였으나, 그는 아무 말도 하지 않았다. 물론 맛이 없었으면 말을 했을 테니, 아무 말도 안 하는 것은 맛있다는 의미였을 것이다.

호검과 수정의 훌륭한 요리 시범으로 〈라비올〉의 셰프들은 이들을 여전히 경계하긴 했으나 무시하진 못하게 된 듯했다.

코스 요리 시범이 끝나고, 다들 각자 맡은 요리를 준비하기 시작했다.

그리고 드디어 〈라비올〉 레스토랑의 오픈 시간인 11시가 되었다.

하나둘씩 손님들이 들어오기 시작하자, 민석의 셰프 테이블로 계속해서 주문서가 들어왔다.

"2번 테이블, A코스 둘, B코스 하나! 8번 테이블 B코스 둘, 하나는 안티를 A코스의 연어 롤로 변경!"

민석이 큰 소리로 주문서를 읽어주면, 셰프들은 그걸 잘 기억해서 요리를 만들어 스테인리스 접시에 담아 셰프 테이블로 가져갔다. 그럼 민석이 요리가 잘되었는지 확인하고, 통과되면 접시에 자신이 직접 담아, 가니시를 올려서 플레이팅한다. 그리고 웨이터가 와서 완성된 음식을 손님에게 서빙하게 되는 것이다.

수정은 민석을 도와 플레이팅을 했고, 호검은 셰프들 사이를 돌아다니면서 이것저것 셰프들을 도와주고 있었다.

"이거, 리조또 다시 익혀 와! 쌀 덜 익었어!"

주방이 바쁘게 돌아가니 민석도 이제 말이 좀 짧아졌다.

"네, 셰프!"

파스타와 리조또를 담당하는 조윤건이 A코스의 파스타를 만들다가 말고 민석에게로 달려갔다. 그런데 허둥대던 탓에 팬을 불 위에 제대로 놓지 못해 파스타가 담긴 팬이 기우뚱하더니 쏟아지려고 했다.

"엇!"

마침 지나가던 호검이 그걸 보고 잽싸게 팬 손잡이를 잡아 떨어져 죽기 직전인 파스타를 구해냈다. 윤건은 민석에게 리조또를 다시 받아 자기 자리로 돌아오다가 호검이 자신의 파스타를 만들고 있는 걸 보았다.

"아, 제가 할게요."

"그 리조또부터 하세요. 근데 이거 화이트와인을 너무 많이 넣으신 것 같아요. 최 셰프님한테 퇴짜 맞으실 것 같은데……"

"으아, 그래요?"

윤건이 파스타에 코를 가져다 대더니 인상을 찌푸리며 말했다.

"그렇네요. 그럼 다시 만들어야 하나? 아, 이 리조또도 다시 해야 하고, 이러면 주문 너무 밀리는데……."

호검이 보아하니, 윤건은 경력이 얼마 안 되어 보였다. 움직임도 서툴고 느렸다.

"제가 파스타 맡을게요. 조 셰프님은 리조또만 만드세요."

"아, 네. 감사합니다!"

호검은 곧바로 망친 파스타를 쓰레기통에 버리고, 팬에 다시 올리브 오일을 둘렀다. 호검은 재빨리 파스타를 새로 만들었고, 밀려 있던 주문들도 순식간에 소화해 냈다. 그는 오른손과 왼손의 멀티플레이가 필요한 칼질에 매우 뛰어난 사람이었기에, 팬 두 개를 양손에 잡고 한 번에 2인분을 만들어내기도 했다. 게다가 회귀한 후에는 시각, 미각, 후각, 촉각 등이 모두 발달해 있는 상태라서, 2인분의 파스타를 양손으로 만들면서도 눈으로는 주변을 훑어보고, 다른 요리들의 색들을 관찰해서 어떻게 하라고 알려주기까지 했다.

"그 메로구이 다 되었어요. 3초 안에 꺼내셔야 해요. 안 그럼 황금빛이 아니라 금방 갈색 돌 거예요!"

정신없이 돌아가는 주방에서 호검은 정말 수 셰프가 된 것처럼 그 역할을 톡톡히 해내고 있었다. 민석은 호검이 잘할 줄 알았다는 듯 그의 모습을 슬쩍슬쩍 곁눈질하며 흐뭇해했다.

점심때의 가장 바쁜 시간이 어느 정도 지나고, 주방에는 조금 여유가 생겼다. 파스타 담당인 윤건은 아까 한창 바쁠 때 호검이 잘 도와주어 호검에게 호의적으로 변해 있었다.

윤건은 호검에게 관심을 보이며 요리는 어디서 배웠냐, 어디서 일해봤냐 등등을 물었고, 호검은 보쌈집을 운영한 경험이 있다는 정도만 대답했다. 그러다 갑자기 윤건이 호검의 귓가에 대고 속삭였다.

"저 차 셰프랑은 어떤 사이예요?"

호검은 뜬금없는 질문에 사레가 들려 기침을 하기 시작했다.

"네? 콜록, 콜록. 콜록, 콜록."

"엇. 괜찮아요?"

"아, 네. 콜록, 콜록."

호검은 조리대에서 고개를 돌려 입을 막고는 기침을 했다. 윤건은 자신의 질문이 뭐 그리 놀랄 일인가 싶어 의아한 표정을 지었다.

그때, 〈라비올〉레스토랑의 사장인 심태진이 난감한 표정을 지으며 주방 문을 밀고 들어왔다. 그는 민석에게 다가오더니 조심스럽게 물었다.

"최 셰프! 16번 테이블에서 코스 요리 말고 다른 단품 요리를 원하는데, 해줄 수 있어?"

주방에 있던 셰프들의 시선이 다들 태진에게로 꽂혔다. 민석도 플레이팅을 하다 말고 고개를 들어 태진을 쳐다보았다.

"왜? 코스 2종류만 주문받는다고 안 했어?"

"아, 그게, 당연히 그랬는데……."

태진이 말끝을 흐리더니 민석의 귓가에 낮게 속삭였다.

"우리 레스토랑 VIP 손님인데, 어떻게 안 될까?"

"음. 가만있어 봐. 차 셰프, 강 셰프 잠깐 이리 와봐!"

민석은 태진의 부탁에 수정과 호검을 셰프 테이블로 불렀다.

*　　　*　　　*

민석은 태진에게 VIP 손님이 요구한 사항들을 간략히 전해 듣고는 호검과 수정을 불러 말했다.

"지금 VIP 손님이 왔는데, 코스 요리 말고 단품으로 요리를 하나 해달랬대. 유치원생 아들이 먹을 거라나 봐. 애가 코스를 다 먹을 수도 없고 그렇다고. 뭘 만들어 주는 게 좋을까?"

"코스 중에서 프리모나 세콘도 해다 주면 되지 않아요?"

수정이 간단하다는 듯 말했지만, 민석이 고개를 저으며 대답했다.

"아니. 아예 다른 메뉴를 원하나 봐. 애가 돈가스 같은 거 아니면 안 먹는대. 그런 튀김 같은 걸 원하는 눈치야."

"그럼 무슨 새로운 메뉴를 만들어 줘야 한다는 말씀이신 거죠?"

"응."

"전 그런 건 잘 못 하는데⋯⋯."

수정이 자신 없게 대답하더니 호검을 쳐다보았다. 그러자, 민석도 호검을 쳐다보며 물었다.

"호검아, 무슨 아이디어 없어? 너 새로운 거 잘 만들던데."

"음, 제가 만들어볼게요!"

호검이 너무 고민도 없이 단번에 자기가 만들겠다고 하자, 민석과 수정은 조금 놀랐다.

"정말? 좋아. 그럼 이 단품 요리는 호검이가 맡아. 믿는다, 호검아."

민석은 호검을 믿음직스럽게 바라보며 격려의 의미로 그의 어깨를 두드렸다. 호검은 고개를 끄덕이더니 곧바로 식재료 창고로 향했고, 수정이 그의 뒤를 졸졸 따라왔다.

"오, 강호검, 무슨 아이디어라도 있어?"

"아니. 이제 생각해 봐야지. 하하하."

"근데 식재료 창고로 바로 가는 거야? 뭘 만들지 정하지도 않았는데?"

"가서 식재료 둘러보면 아이디어가 나오겠지, 뭐. 넌 다시

가봐."

호검은 굉장히 자신에 차 보였다. 그도 그럴 것이 그에게는 요리사의 돌이 있으니 걱정할 것이 없었다. 이럴 일에 대비해서 가져온 요리사의 돌이 아니던가.

"하긴. 넌 뭐든 다 잘하니까. 알아서 잘하겠지. 네가 만들 메뉴가 벌써부터 궁금하네? 호호. 아무튼 파이팅! 난 다시 가 볼게."

수정은 호검에게 파이팅을 외치더니 다시 주방으로 돌아갔다. 호검은 식재료 창고에서 식재료들을 한번 쭉 훑어보며, 주머니에 손을 집어넣었다. 호검의 손에 요리사의 돌이 잡혔고, 이윽고 호검은 재료들을 몇 가지 가지고 식재료 창고를 나왔다.

주방으로 다시 돌아온 호검은 한쪽에 비어 있는 화구에서 요리를 시작했다. 다른 셰프들은 호검이 뭔가 다른 것을 만드는 것 같자 그를 힐끔거렸다. 바로 옆에 있던 파스타 담당 셰프인 윤건이 호검에게 슬쩍 물었다.

"뭐 만들어요?"

"아, 그냥 손님 한 명이 따로 주문한 요리가 있어서요."

"아하. 그게 뭔데요?"

"음, 저도 만들어봐야 알아요."

호검이 아리송하게 대답하자, 윤건이 고개를 갸웃거렸지만 더 이상 묻진 않았다. 호검은 뭘 다지고, 볶고, 튀기고 하더니 순식간에 뚝딱 요리 하나를 만들어냈다. 그는 플레이팅까지 혼자 다 해서 민석에게로 가져갔다.

"강 셰프! 벌써 다 만든 거야? 와, 잘했네."

"아직 마지막 마무리만 하면 돼요. 여기 소스 좀 쓸게요."

호검은 셰프 테이블 위에 놓인 발사믹 소스를 뿌리는데, 수정이 호검 대신 다른 셰프들을 도와주다가 호검에게 다가왔다.

"오! 이거 곰돌이잖아! 대박!"

수정의 말대로 접시 안에는 곰돌이 얼굴이 만들어져 있었다. 호검은 큰 아란치니 하나로 곰의 동그란 얼굴을 만들고, 작은 아란치니 두 개로 곰돌이 귀를 만들었던 것이다. 수정은 남자가 귀여운 곰돌이를 만들었다는 게 신기한 듯했다.

"디테일이 살아 있네! 애가 완전 좋아하겠는데?"

"그래? 좋아해야 할 텐데……."

호검은 곰돌이 입 주변에 하얀색 치즈까지 얹어서 디테일을 살렸다. 그리고 마지막에 발사믹 소스로 곰돌이의 눈과 코까지 그려 넣어 황금빛 곰돌이 아란치니가 완성된 것이다.

민석도 맞장구를 치며 말했다.

"그러게. 딱 애들 취향저격일 것 같은데?"

"호검이가 만들었으니까 맛은 보장일 거고요. 호호. 안에 뭐 들었어?"

"얼굴은 채소랑 새우를 넣은 볶음밥이 들었고, 귀는 고구마랑 소고기."

호검이 간단히 설명을 하는데 태진이 주방으로 들어왔다.

"최 셰프! 다 됐어?"

태진은 이렇게 묻자마자 바로 눈앞에 있는 곰돌이가 담긴 접시를 발견했다.

"이거 맞지? 아, 귀엽네. 그리고 튀김이고! 좋아!"

태진은 일단 모양은 아이들이 좋아할 것 같다며 안심했다. 그는 호검의 스페셜 곰돌이가 담긴 접시를 들고 주방을 나갔다.

잠시 후, 태진이 다시 주방으로 찾아왔다.

"최 셰프! 그 VIP 손님이 이거 만든 셰프 좀 만나고 싶다는데? 이거 분명히 애가 잘 먹는 것 같긴 했는데, 왜 그러지……?"

"잘 먹으니까 부르겠지. 맛있다고 해주려고 그러는 거겠지, 뭐. 이거 저기 호검이가 만든 거야."

민석이 호검을 가리키더니 그를 불렀다. 호검이 얼른 민석에게 가자, 태진이 놀라워하며 호검에게 물었다.

"아, 정말 강 셰프가 만든 거야? 이거?"

"네."

"오, 최 셰프가 믿으라더니 정말 실력 좋은 것 같네?"

"저, 근데 절 왜 찾으시는 걸까요?"

"가끔 맛있으면 셰프들 찾고 그래. 걱정 마. 따라와."

태진은 호검을 안심시키며 그를 데리고 홀로 나갔다. 호검은 태진의 뒤를 따라 스페셜 요리를 주문한 VIP 손님들의 테이블로 향했다.

VIP 손님은 부부였는데, 한눈에 보기에도 부잣집 사람들 같았다. 남자가 입은 양복도 고급스러워 보이는 데다가, 여자는 비싸 보이는 액세서리들을 잔뜩 하고 있었다. 그리고 여자의 옆에는 유치원생 아들이 앉아 있었다. 호검이 보니 아들은 접시에 얼굴을 박고 정신없이 아란치니를 먹고 있었다.

'잘 먹네. 다행이다.'

호검이 안심하고 있는데, 태진이 VIP 부부에게 호검을 소개했다.

"사모님, 이 요리를 만드신 강호검 셰프님이십니다."

사모님이라고 불리기엔 젊어 보였지만, 태진은 그 여자를 사모님이라고 불렀다.

"안녕하세요."

태진이 소개하자 호검은 VIP 부부에게 고개를 숙여 인사했고, 태진은 호검만 남기고 곧 자리를 떴다.

'보통 영화 같은 데서 보면, 셰프가 홀의 손님에게 불려 나

오면 음식은 입에 맞으시냐, 혹은 음식은 어떠냐고 묻던데.'

호검은 그의 요리를 먹고 있는 유치원생 아들에게 슬쩍 말을 붙이며 물어봐야 하나 잠시 고민하고 있었다. 그런데 그때, 젊은 사모님이 호검을 자기 쪽으로 가까이 오라고 손짓했다.

"셰프님, 이쪽으로 좀……."

호검은 얼른 젊은 사모님 곁으로 이동해서 앉아 있는 그녀에게 눈높이를 맞췄다. 그녀는 호검에게 살짝 속삭이듯 물었다.

"저기, 우리 아들이 먹는 저 요리의 초록색 소스가 뭘로 만든 건가요? 시금치 같은데 맞나요?"

그녀는 '시금치'란 단어를 말할 때 더 작은 목소리로 아들의 눈치를 보며 말했다.

젊은 사모님이 말한 소스는 황금빛 곰돌이 아란치니 밑에 깔린 초록빛 소스였다.

"아, 네. 맞습니다."

호검은 사실 이 요리를 모양, 맛, 영양적인 측면을 모두 고려해서 만든 것이었다. 아이들이 채소를 보면 잘 먹으려 하지 않을 테니 채소는 최대한 잘게 잘라서 조리했고, 특히 시금치는 아예 거의 갈다시피 해서 생크림과 파르미지아노 치즈를 섞어 소스를 만든 것이었다.

젊은 사모님은 활짝 웃으며 다시 호검에게 속삭였다.

"우리 아들이 시금치는 절대 안 먹거든요. 그런데, 저 소스는 맛있다고 잘 먹네요. 호호호."

그녀는 소스에 시금치가 들어간 걸 아들이 절대 모르길 바라는지, 시금치란 단어를 말할 때마다 목소리를 더 낮췄다.

"다행입니다. 아이들은 재료를 숨겨야 잘 먹죠."

"정말 감사합니다. 우리 아들은 입도 짧고, 채소도 잘 안 먹는데, 저렇게 잘게 볶음밥에 넣어주니까 정말 잘 먹네요. 달달한 토마토소스에 볶아주신 것도 좋고요. 또 그걸 튀겨서 귀여운 곰돌이 모양까지 만들어 주셔가지고, 아들이 정말 좋아했어요. 저거 보세요. 진짜 잘 먹죠?"

"와, 그렇네요. 제가 만든 음식을 저렇게 잘 먹어주니 제가 더 감사할 따름입니다."

"사실 저도 좀 더 먹어보고 싶은데, 아들이 못 먹게 해서. 전 아까 맛만 봤거든요. 호호. 자기가 다 먹겠다고 고집을 부리네요. 양이 많을 텐데."

호검은 그의 요리에 다들 만족스러워하는 것 같아 기뻤다.

젊은 사모님이 자기 아들의 머리를 쓰다듬으며 아들에게 물었다.

"우리 효준이, 그렇게 맛있어?"

아들은 고구마와 소고기가 든 아란치니를 한입 베어 문 상태로 엄마를 보며 고개를 끄덕였다. 그러자, 젊은 사모님은 아들에게 인사를 시켰다.

"효준아, 그 맛있는 음식, 이 형이 만들었대. 감사합니다 하고 인사해야지?"

그러자 효준은 씨익 웃으며 호검에게 인사했다.

"감사합니다!"

호검은 아이가 자신이 만든 음식을 이렇게 잘 먹어주니 정말 기분이 좋았다. 특히 아이가 안 먹던 채소를 맛있게 먹게 해주었다는 생각에 뿌듯했다.

'그래, 평소에 맛없다고 좋아하지 않던 식재료를 맛있게 조리해서 먹게 하는 것! 그게 정말 요리사지.'

호검은 칭찬을 잔뜩 받고 싱글벙글 웃으며 주방으로 돌아왔다. 호검이 주방에 들어오자마자, 수정이 쪼르르 달려오더니 물었다

"뭐래?"

"아, 아들이 시금치를 안 먹는데, 시금치 소스는 잘 먹어서 신기하고 고맙대."

"오, 칭찬받았구나! 하긴. 네가 돌덩어리도 부드럽게 만들 사람이지."

"아니, 그건 마술사잖아! 하하하. 난 그건 아니야."

"말이 그렇다고. 호호호."

점심시간은 이렇듯 무사히 지나가고, 잠시 휴식을 취할 수

있는 브레이크타임이 되었다. 민석을 제외한 나머지 셰프들은 함께 늦은 점심을 만들어 먹으며 이런저런 대화를 나눴다. 물론 영광과 기철은 말이 없었고, 막내인 보성이 가장 말이 많았다. 막내인 만큼 이태리 요리에 관해 궁금한 점이 많아서일 것이다.

영광과 기철은 얼른 점심을 먹어치우고 자리를 떠났다. 그들이 사라지자, 다른 셰프들은 이제 호겸에게 질문 공세를 퍼붓기 시작했다.

"언제부터 요리 하셨어요?"

"이태리 요리는 얼마 안 되었고요. 한식은 조금 했어요."

"못하는 요리가 뭐예요?"

"하하하. 저도 못하는 거 많아요. 나중엔 못하는 요리 없게 만드는 게 제 꿈이죠."

"원래 이렇게 착하세요?"

착하냐는 질문은 보성이 꺼냈는데, 다른 셰프들이 그 말에 헤드 셰프와 수 셰프 이야기를 꺼냈다.

"아, 나도 쉬고 싶은데."

"근데 솔직히, 헤드 셰프님이랑 수 셰프님 없으니까 훨씬 좋지 않아?"

전채 요리 담당 셰프가 조심스럽게 말하자, 나머지 셰프들도 동의하는 듯 고개를 끄덕였다.

"워낙 괴팍하신 양반들이라. 고집도 세시고 말야. 요리를 좀 젊은 스타일로 하셔도 되는데, 에휴."

호검은 헤드 셰프와 수 셰프에 대해서 더 많은 걸 알고 싶었지만, 일단은 그저 미소만 짓고 있었다. 그의 미소 띤 얼굴을 보고, 파스타 담당 윤건이 호검에게 말했다.

"근데, 최 셰프님도 그렇고, 여기 강 셰프님, 차 셰프님도 어쩜 그렇게 화도 안 내시고 차분하세요? 난 소리소리 안 지르는 선배는 처음 봐요."

"나도 그래. 최 셰프님이 계속 우리 헤드 셰프셨으면 좋겠어."

전채 요리 담당 셰프가 맞장구를 치자, 호검과 수정이 고개를 끄덕이며 말했다.

"원래 되게 친절하시고 좋으신 분이에요."

"그래요?"

그 뒤로 점심을 먹는 내내 거기 모인 셰프들은 민석에 대한 이야기를 나누었다. 다들 민석이 다른 굉장한 셰프들답지 않게 괴팍하지도 않고, 좋다고 칭찬을 늘어놓았다.

브레이크타임이 거의 끝나갈 무렵, 호검은 잠시 바람을 쐬러 테라스로 나가볼까 했다. 그런데 테라스로 나가는 문에 기대서서 영광과 기철이 대화를 나누고 있었다. 호검은 다른 쪽 문으로 나가려고 발길을 돌렸는데, 호검의 귓가에 둘의 이야기가 들려왔다.

*   *   *

"하아. 저 노땅이랑 애송이들은 뭐냐, 정말!"

"그러게요. 후우."

영광의 말에 기철이 입을 삐죽이며 동조했다.

'뭐야? 노땅? 애송이?'

영광과 기철이 서 있는 테라스로 나가는 문은 건물의 구석에 있었는데, 그 근처에 커다란 장식 구조물이 세워져 있었다. 호검은 화가 치밀어 오르는 것을 꾹 참고 그 구조물 뒤에 서서 슬쩍 둘의 이야기를 엿들었다.

"이럴 줄 알았으면, 나도 그냥 확 째버릴걸! 안 그래? 내가 이러려고 오늘 여기 나왔겠냐고!"

"아니, 저 사람들은 일요일에 일도 없나……."

"나도 헤드 셰프 할 실력 되는 거 너도 알지?"

"그럼요. 형님!"

"오늘 딱 기회였는데! 갑자기 왜 저 인간들이 와서는 방해를 놓느냐고! 모든 성공한 사람들은 우연한 기회가 있단 말이지. 어떤 거든 주인공이 갑자기 일이 생겨서 다른 사람이 대타로 들어가면서 그게 계기가 되어서 성공하게 되잖아?"

"네, 맞습니다."

기철이 영광의 비위를 맞추며 계속해서 맞장구를 쳤다. 둘의 이야기를 들어보니, 영광은 은근히 헤드 셰프와 수 셰프의 결근을 환영한 것 같았다.

'아, 호랑이 없는 굴에 여우가 왕 노릇 하려고 했는데, 우리가 와서 틀어져 버린 모양이군.'

호검의 생각대로 영광은 헤드 셰프와 수 셰프가 없는 틈에 자신이 주방을 맡아서 진두지휘하고 싶었다. 자신이 가장 높은 위치가 되어보는 것이니 그것도 기대가 되었고, 또 그걸 잘 해낸다면 사장의 신임을 얻어 지금 눈 밖에 난 헤드 셰프와 수 셰프를 몰아내고 자신이 일인자 자리를 얻을 수 있을지도 모를 일이었다.

영광은 계속 투덜대다가 기철에게 한마디 던졌다.

"내가 딱 헤드 셰프가 되면, 그럼 수 셰프는 누구겠어? 당연히 너지!"

"아, 감사합니다, 형님."

기철은 잠시 수 셰프가 되는 상상을 했는지 입가에 미소가 번졌다.

호검은 대충 둘의 대화가 마무리되는 듯싶자 조심조심 그 자리를 빠져나왔다.

'어휴, 저 둘이 헤드 셰프랑 수 셰프가 되면 주방은 살얼음

판이겠네. 아까 들어보니까 지금 헤드 셰프랑 수 셰프도 무서운 편이라던데, 저 사람들은 더할 것 같아. 이번에 우리가 온 건 밑에 있는 다른 셰프들한테는 좋은 일이겠군. 밑의 셰프들 참 힘들겠네……. 우리 민석 아저씨는 정말 친절하신데. 꼭 화를 내고 소리를 질러야 카리스마 있는 게 아니라니까. 부드러운 카리스마지. 난 나중에 헤드 셰프 맡게 되어도 절대 밑의 셰프들 구박하지 말아야지. 민석 아저씨처럼 부드러운 카리스마를 보여줄 거야.'

호검은 영광과 기철을 혼쭐내 주고 싶었지만, 그들은 이미 호검과 수정, 민석이 오는 바람에 꿈이 물거품이 된 상황이라고 하니 그냥 신경을 끄기로 했다.

얼마 후 다시 주방으로 돌아온 영광과 기철은 여전히 싸늘한 태도로 일관했고, 그들의 눈치를 보느라 나머지 셰프들은 호검과 수정에게 별말을 걸지 않았다. 그렇게 서먹한 분위기 속에서 점심시간보다 더 바쁜 디너 타임이 되었다.

"8번 테이블, A코스 하나, B코스 둘! 4번 테이블, B코스 셋!"

"네, 셰프!"

주방은 또다시 정신없이 돌아가기 시작했다. 셰프들의 손놀림은 점점 빨라졌고, 빨라진 만큼 실수도 많이 나왔다.

"여기, 지금 이 메로구이 누가 한 거야? 겉면 감자 너무 튀겨졌어. 다시 해 와! 아, 그리고 메로 뒤집을 때 조심해서 뒤집어야 채 썬 감자가 메로에 깨끗하게 붙어 있지. 안 그러면 너 덜너덜해져."

민석의 말에 다른 셰프들이 영광의 눈치를 스윽 봤다. 원래 영광은 그릴과 오븐을 맡고 있었는데, 저녁 시간에 바빠지면 팬에 굽는 생선 요리도 가끔 같이하고 있었다.

지금은 B코스 주문이 갑자기 몰려들어 원래 생선구이를 담당하고 있는 기철과 함께 영광도 메로를 굽고 있었다. 그리고 방금 민석에게 지적당한 메로구이는 영광이 만든 것이었다.

영광은 자존심도 상하고 화가 나서 얼굴이 붉으락푸르락했다. 그는 일단 팬에 다시 감자를 감싼 메로를 넣었다. 그러고는 갑자기 주변을 두리번거리더니 바로 가장 만만한 보성에게 화풀이를 했다.

"야, 이보성! 너 여기 팬 빨리 안 치워? 여기 바닥도 더럽잖아!"

"죄송합니다."

보성은 얼른 다가와서 영광이 시키는 대로 재빨리 움직였다. 영광이 벌써 심기가 불편해져 있는데 괜히 신경을 더 건드렸다가는 무슨 사달이 날지 몰랐기 때문이다.

영광은 팬에 버터와 로즈마리를 넣고 녹은 버터를 메로에 끼얹어가며 메로를 굽기 시작했다. 그런데 영광은 화가 나 있으니 더더욱 조심성이 없어진 상태였다. 그는 메로를 마구 뒤집었고, 메로를 감싸고 있던 감자채가 너덜너덜해져 갔다. 호검은 다른 셰프들을 도와주면서도 영광의 팬을 주시하고 있었다. 그리고 안 되겠던지, 영광에게 다가가 최대한 부드럽게 말했다.

"홍 셰프님, 제가 할게요."

호검은 영광에게 메로가 담긴 팬을 자신에게 넘기라고 손을 내밀었다. 그러자 영광은 버럭 화를 내며 말했다.

"내가 하던 요리를 왜 네가 해? 건방지게!"

호검도 건방지다는 소리를 들으니 아까 엿들었던 이야기들도 생각이 나면서 화가 치밀어 올랐다. 하지만 그는 오히려 미소를 지으며 다시 차분히 말했다.

"그렇게 마구 뒤집으시다가는 겉면 감자가 너덜너덜해져서 어차피 또 버려야 할 겁니다. 알겠습니다. 그럼 제가 저쪽에서 따로 새로 굽죠."

"어린놈이 잘난 척하지 마! 내가 너보다 경력이 훨씬 오래됐다고!"

호검은 영광의 말을 들은 척 만 척 하고는 영광의 맞은편 화구에서 메로 두 덩어리를 한꺼번에 굽기 시작했다. 영광이 망칠 것이 불 보듯 뻔하니 호검이 한 번에 두 덩어리를 구우려는 것이었다.

사실 영광의 바로 옆에서 메로를 굽고 있던 기철도 힐끔거리며 영광이 새로 굽는 메로를 지켜보고 있었으나, 지적하면 호검에게 한 것처럼 화만 낼 것이 뻔했기에 아무 말도 할 수 없었다. 그래서 기철은 차라리 호검이 말해줘서 다행이라고 생각했다. 안 그랬다가는 계속 메로를 버릴 판이었으니까.

영광은 안 그래도 심기가 불편한데 호검이 자신이 하는 요리에 손을 대려고 해서 화가 머리끝까지 치밀어 올랐다.

'저 건방진 애송이가! 노땅은 저게 뭐 많이 익었다고 지적질이야?'

그는 속으로 둘을 노땅과 애송이라고 욕하며 메로를 구웠다. 민석이 겉면이 너무 튀겨졌다고 지적했으니 그는 자꾸만 메로를 뒤집어댔고, 그 바람에 메로 겉면을 둘러싼 감자채가 너덜너덜해졌다.

그리고 결국 수습할 수 없는 지경에 이르자, 영광은 분노해서 소리를 질렀다.

"으아악!"

그의 외침에 민석을 포함한 주방의 모든 셰프들이 그를 쳐다보았는데, 그는 그들의 시선은 무시한 채 쓰레기통에 망친 메로구이를 처넣고는 밖으로 나가 버렸다.

민석은 씁쓸한 표정으로 영광의 뒷모습을 힐끗 보고는, 다시 주문서를 읽기 시작했다.

"15번 테이블, A코스 넷! 차 셰프! 여기 양고기구이 맡아!"

"네, 셰프!"

민석은 자리를 비운 영광 대신 수정에게 양고기를 구우라고 시켰고, 수정은 얼른 그릴로 이동했다.

"강 셰프, 메로구이 다 됐어?"

"네!"

호검이 완성된 메로구이 두 덩어리를 스테인리스 접시에 담에 민석에게 가져가자, 민석은 고개를 끄덕이며 말했다.

"좋아. 아, 오븐에서 채소들 꺼냈어?"

"네! 지금 꺼냅니다!"

기철이 얼른 대답하더니, 영광의 담당이었던 오븐을 열고 바로 채소들을 꺼냈다.

한 15분 정도 지났을까. 영광이 슬금슬금 눈치를 보면서 주방으로 다시 들어왔다. 그리고 영광의 뒤에는 태진이 따라 들어왔다.

"봐. 자네 없어도 주방 잘 돌아가. 어쩔 거야? 그만둘 거야? 응?"

태진이 영광의 등 뒤에서 소리치자, 영광이 기어들어 가는 목소리로 말했다.

"열심히 하겠습니다."

영광은 이미 밖에서 한차례 태진에게 잔소리를 들은 모양이었다. 한창 바쁜 저녁 시간에 혼자 나가 있었으니 사실 욕먹을 만도 했다.

"자넨, 그 성질 좀 죽여. 아래 셰프들도 너무 잡지 말고!"

태진은 못마땅한 듯 혀를 끌끌 차며 주방을 나갔다.

수정은 얼른 그릴 자리를 피해주었고, 영광은 아무 말 없이 그릴로 다가와 양고기를 굽기 시작했다.

그런데 금방, 태진이 웨이터 하나를 데리고 다시 주방으로 뛰어들어 왔다. 그리고 주문서 하나를 내밀며 말했다.

"미, 미슐랭이래!"

3. 정장, 와인 반병, 그리고 포크

뜬금없는 태진의 발언에 주방의 모든 셰프들이 그를 쳐다보았고, 민석은 어이없어하며 물었다.

"웬 미슐랭? 여기? 미슐랭에서 나왔다고?"

미슐랭은 프랑스의 타이어 회사의 이름인데, 미슐랭 가이드라는 레스토랑 평가서를 매년 발간한다. 그리고 그것이 발전하여 미슐랭 가이드는 현재 그 평가의 권위를 인정받고 있고, 전 세계 레스토랑의 최대 관심사가 되어 있었다. 미슐랭에서는 일반 손님을 가장하여 레스토랑을 방문하고, 음식 맛, 서비스 질, 분위기 등 여러 가지 측면으로 레스토랑을 평가해서 뛰어난 레스토랑에 별을 1~3개 부여한다.

"그거 아직 한국까지 안 와. 그냥 소문만 있을 뿐이지."

민석이 피식 웃으며 말했다. 그러자, 태진이 함께 데려온 웨이터를 쿡 찔렀다.

"말해봐. 아까 7번 테이블 손님들이 어떻게 했는지 말이야."

웨이터는 조금 긴장한 듯 침을 꿀꺽 삼키더니 입을 열었다.

"음, 제가 알기로는, 미슐랭에서 나온 사람들의 특징이, 정장 차림에 두 명이 함께 다니고, 음, 통역이 같이 다닐 때도 있고요. 와인은 반병만 시키고, 음, 서비스 질을 알아보기 위해서 일부러 포크를 떨어뜨린댔어요."

"그런데?"

"7번 테이블 손님들이 외국인 남자 손님들이고요, 통역 한 명을 대동해서 총 세 명인데, 정장 차림이고, 와인 반병만 시켰고, 포크를 떨어뜨렸어요."

웨이터의 설명에 민석이 또다시 피식 웃었다. 이 웨이터는 미슐랭에 관심이 매우 많아서 속으로 미슐랭이 오기만을 기다리는 사람 같았다.

"아휴 참, 여기 외국인 관광객들 많이 오니까 통역 대동해서 올 수도 있고, 보통 남자들은 정장 입고 다니잖아. 그리고, 외국에서는 와인 많이 마시니까 같이 시켰겠고, 포크는 다른 손님들도 잘 떨어뜨리잖아. 절대 미슐랭에서 안 나온다니까!"

"그, 그런가?"

태진은 민석의 말이 일리가 있다고 생각하는지 미슐랭이란 확신에서 한발 뺐다. 하지만 곧 다시 당부했다.

"근데 그래도 혹시나 모르니까, 7번 테이블 신경 좀 써서 잘 해줘. A코스 두 개, B코스 한 개 시켰으니까. 최 셰프만 믿을 게."

"아이고, 알겠어. 심 사장도 참."

민석은 태진이 원하는 대로 해주겠다고 했다. 뭐 조금 더 신경 쓰는 게 어려운 일은 아니었으니까. 설사 미슐랭이 아니라고 해도 이렇게 사장이 원하는데 그까짓 거 해주면 되는 것이었다.

태진이 그 웨이터를 데리고 나간 후, 주방은 갑자기 소란스러워졌다.

"진짜 미슐랭에서 나온 걸까?"

"에이, 아니라잖아, 최 셰프님이."

"그래도, 진짜면?"

윤건이 진짜면 어떡하냐는 가정을 하자, 다른 셰프들은 갑자기 그 상황에 닥친 듯 눈이 커지면서 상상의 나래를 펴기 시작했다.

"와, 진짜면, 심장 떨린다!"

"난 손 떨려서 아무것도 못 만들 것 같아."

"나도 꿈이 미슐랭 스타 받아보는 건데!"

"야, 셰프 중에 그게 꿈이 아닌 사람이 있긴 하냐? 다들 그게 꿈이지. 근데 그게 꿈이라는 게 문제야. 가능성이 희박한 꿈!"

호검은 조용히 그들의 대화를 경청하기만 했다.

'와, 나도 나중에 미슐랭 스타 받는 셰프가 될 수 있을까? 세계 대회에서 1등 하면 가능하겠지? 미슐랭 스타라니! 멋지겠다……'

민석은 잠시 그들이 신나게 내버려 두었다. 기분 좋은 상상이었을 테니까.

대화가 마무리된 후, 셰프들은 미슐랭일지도 모르는 7번 테이블 손님들의 요리를 누가 시키지 않아도 더 신경 써서 요리했다. 그리고 곧 차례차례 7번 테이블의 코스 요리가 서빙되기 시작했다. 서빙이 시작되자, 주방의 셰프들은 7번 테이블 손님들의 동태를 살피려고 일부러 돌아가면서 홀과 주방이 연결되는 문 앞을 왔다 갔다 했다.

민석은 그런 어린 셰프들이 귀여워 보여서 그들을 보며 피식피식 웃었다.

"아예 7번 테이블에 가서 음식이 어떠셨냐고 물어보지그래?"

민석이 농담조로 말했다. 다른 셰프들은 그저 웃기만 하고 다시 각자의 위치로 돌아왔는데, 막내인 보성이 천진난만한 표정으로 민석에게 되물었다.

"정말요? 그래도 돼요?"

"하하하하. 돌체까지 다 서빙되면 물어보러 가든지."

민석은 순진한 보성이 재미있어서 계속 농담을 했다.

"아, 전 못 가요. 전 막내잖아요. 제가 만든 요리가 아니니까, 묻기도 좀……."

"뭐, 그럼 할 수 없지. 자, 이제 다들 집중해서 다시 요리합시다!"

민석이 박수를 치며 셰프들을 다시 집중하게 했다.

얼마 후, 드디어 7번 테이블에 코스의 마지막인 돌체가 나갔다. A코스 돌체인 수플레 두 개와 B코스 돌체인 리코타 스투루델 한 개가 서빙되었고, 마지막 요리인지라, 또 셰프들은 주방 문을 기웃거렸다. 이제 저녁 시간도 거의 끝나갈 무렵이라서 주방도 한가해졌기에, 민석은 그런 그들을 그냥 두었다.

그러다 셰프들 중에서 궁금증을 참다 못한 윤건이 고개를 살짝 빼고 7번 테이블을 쳐다보았다.

"어? 사장님이랑 무슨 얘기하는데?"

"헐. 정말요?"

"뭔데, 뭔데?"

윤건의 말에 다른 셰프들이 흥분해서 호들갑을 떨었다. 영광과 기철도 조금 궁금했는지 자기 자리에서 그들을 힐끔힐 끔 쳐다보았다. 윤건은 조금 더 관찰하더니 또 뒤의 셰프들에 게 전했다.

"사장님이 이리로 걸어오신다! 완전 웃고 계셔! 뭐지?"

"진짜 미슐랭인가?"

"설마, 그럴 리가……."

호검과 수정도 놀란 토끼 눈이 되어 서로를 바라보았다. 민 석은 절대 그럴 리가 없다고 확신해서인지 그저 웃고만 있었 다.

"야야, 비켜. 사장님 이리로 오신다니까!"

윤건과 다른 셰프들은 태진이 주방을 향해 걸어오자, 얼른 다들 제자리로 돌아갔다. 그리고 그들이 제자리를 찾음과 동 시에 태진이 문을 활짝 열고 주방으로 들어왔다.

*　　　*　　　*

제자리를 찾아간 주방의 셰프들은 몸은 다들 자신의 자리 에 있었지만, 시선은 모두 태진을 향해 있었다. 태진은 주방으 로 들어오자마자 민석에게 싱글벙글 웃으며 말했다.

"최 셰프! 7번 테이블에서 B코스 주문했던 손님이 셰프 좀 뵙고 싶다는데? 통역사분이 그러는데 메로구이가 특히 기똥

찼다고, 감사 인사를 하고 싶대."

태진의 말에 주방의 셰프들은 다시 술렁거리기 시작했다.

"뭐지? 진짜 미슐랭이면 모르는 척하고 가지 않을까?"

"아니야. 진짜 맛있으면 칭찬도 하고 갈 수 있을 거야."

"메로구이가 기똥차긴 했어. 사실 말이야."

전채 요리 담당 셰프가 슬쩍 운을 떼자, 윤건이 아주 작은 목소리로 속삭이듯 말했다.

"솔직히 말하자면, 헤드 셰프가 개발한 요리보다 맛있었던 것 같아."

셰프들은 미슐랭에서 나온 사람들이냐 아니냐로 궁금증에 휩싸여 서로 속닥거리고 있었는데, 태진은 그 손님들이 미슐랭에서 나온 사람들이거나 말거나 어쨌든 음식을 맛있다고 셰프까지 불러달라니 무조건 좋아했다.

"어서, 빨리 가보자구. 외국인 손님들 입맛까지 사로잡은 최셰프!"

"허허허. 알겠어. 특히 메로구이가 맛있었다고?"

민석은 웃으며 대답하더니 수정에게 말했다.

"수정아, 플레이팅 좀 맡고 있어."

"네!"

수정은 고개를 힘차게 끄덕이며 대답했다. 민석은 자신의 옷매무새를 가다듬고는 주방을 나서려다가 휙 뒤를 돌아보더니 호검을 찾았다.

"아, 호검아! 따라와."

"네? 네."

호검은 무슨 영문인지 몰라 깜짝 놀랐지만, 일단 민석의 지시대로 자신도 옷매무새를 정리하고 그를 따라나섰다.

민석은 태진을 따라 7번 테이블로 향했고, 호검은 그 뒤를 졸졸 따라가며 7번 테이블을 살폈다. 7번 테이블에는 정장을 입은 세 명의 남자가 앉아 있었는데, 한 명은 한국인이었고, 다른 두 명은 외국인이었다. 외국인 중 한 명은 머리가 검었고, 다른 한 명은 머리가 밝은 갈색이었다.

'어느 나라 사람이지, 근데?'

호검은 정확히 어느 나라 사람인지 분간할 수 없어 고개를 갸웃거렸다.

7번 테이블에 다다르자, 태진이 민석을 외국인 손님들에게 소개했다.

"이분이 오늘 저희 레스토랑 총괄 셰프십니다."

"안녕하세요. 음식이 입에 맞으셨다니 다행입니다."

머리카락이 검은 외국인 손님의 옆에 앉은 통역이 태진과 민석의 말을 통역해 주었고, 그 외국인 손님이 활짝 웃으며 입을 열었다.

"Buonissimo!"

그가 입을 열자마자, 호검은 그가 이탈리아 사람이라는 것을 눈치챘다. Buonissimo는 이탈리아어로 '아주 맛있다'라는 뜻이었기 때문이다. 물론 아직 호검이 이탈리아어 실력이 좀 부족해서 이 단어의 뒤에 말한 긴 문장은 못 알아들었지만, 민석은 대충 알아듣는 눈치였다.

　"음식이 아주 맛있으셨답니다. 한국에서 맛본 최고의 음식이라고 하시네요. 특히 세콘도인 메로구이가 너무 맛있었는데, 소스 맛이 정말 좋았답니다."

　통역사가 통역을 해주었고, 그 검은 머리의 이탈리아 사람은 민석에게 악수도 청하고 통성명도 했다. 그사이 태진은 다른 웨이터가 찾는 바람에 자리를 떴다.

　그의 이름은 마테라치였고, 이탈리아에서 공무원을 하고 있는데 일이 있어 한국에 들어왔다고 했다.

　'아, 미슐랭에서 나온 사람은 아니네. 역시 민석 아저씨 말이 맞았어.'

　호검이 통역사를 통해 마테라치의 소개를 들으며 민석의 옆에 서 있는데, 민석이 자신의 소개가 끝나자, 호검을 끌어당겨 마테라치에게 호검을 소개했다.

　"사실 그 메로구이는 이 친구가 개발한 요리입니다. 그 소스도 이 친구가 만들어낸 특제 소스죠."

　"그래요? 와우! 젊은 친구가 정말 대단하군요!"

그는 놀라워하며 호검에게도 악수를 청했다. 마테라치는 호검의 손을 힘차게 흔들며 물었다.

"이름이 뭐예요?"

옆에서 민석이 호검에게 곧바로 통역을 해주었고, 호검은 얼른 대답했다.

"아! 강호검입니다."

"강, 호검. 강호검, 강호검……."

마테라치는 호검의 이름을 외우려는 듯 몇 번이나 그의 이름을 되풀이했다. 그러고는 통역사가 따라가기 힘들 정도로 요리에 대한 칭찬을 해댔다. 호검은 활짝 웃으며 중간중간 감사의 인사를 전했고, 마테라치는 칭찬이 다 끝나자 호검과 민석에게 마지막으로 말했다.

"앞으로 여길 아주 자주 찾게 되겠네요. 오랫동안 여기 계셨으면 좋겠어요. 제가 한국에 있는 동안 많이 오게요."

민석과 호검은 그의 말에 난감해졌다. 오늘 하루만 임시로 주방을 맡고 있다고 솔직히 말을 해야 할지, 아니면 그냥 아무 말도 하지 말아야 할지 고민이 된 것이다. 민석과 호검은 어색한 웃음을 지으며 서로를 쳐다보았다.

그런데 마테라치가 뭔가 눈치를 챈 건지, 단도직입적으로 물었다.

"혹시 여기 주방에 오래 있지 않으실 건가요?"

이렇게 직접적으로 물어보는데 거짓말을 할 수는 없어서 결국 민석은 사실대로 설명을 했다. 오늘 하루만 임시로 주방을 맡아보고 있고, 아마 앞으로는 원래 있던 셰프들이 주방을 맡게 될 거라고 말이다. 그러자 마테라치는 매우 섭섭해했다.

"아, 너무 아쉽네요. 이렇게 맛있는 요리를 만나기가 쉬운 일이 아닌데……. 그럼 제가 두 분의 요리를 어디 가면 먹을 수 있을까요?"

"저희가 따로 레스토랑을 하고 있진 않아서 확답을 드리기가 어렵네요."

"그럼, 레스토랑 개업 예정은 있으신 건가요?"

"뭐, 확정된 건 없지만 곧 열게 되지 않을까요?"

민석이 호검을 스윽 쳐다보며 말했다. 그의 말은 호검이 이제 이태리 요리를 거의 마스터했겠다, 실력도 뛰어나니 금방 레스토랑을 차려도 될 만한 수준이라는 뜻이었다.

"아! 그럼 혹시 레스토랑 개업하시면 저한테 연락 주시면 감사하겠습니다. 제 연락처를 알려 드릴게요."

마테라치는 자신의 가슴팍에서 만년필을 휙 꺼내더니 냅킨에 자기 전화번호를 정성스레 적어 민석과 호검에게 각각 하나씩을 건넸다. 그러고는 잠시 생각을 하는 듯하더니 다시 말문을 열었다.

"음, 그리고 혹시 실례가 되지 않는다면, 셰프님들 연락처를 좀 알려주실 수 있을까요?"

마테라치는 민석과 호검에게 자신의 만년필을 내밀었다. 민석과 호검은 냅킨에 연락처를 적어주었고, 마테라치는 연락처가 적힌 냅킨을 고이 접어 챙겼다.

호검과 민석은 마테라치와의 조금 긴 인사를 마치고 다시 주방으로 돌아왔다. 주방으로 돌아오자 나머지 셰프들은 민석에게는 차마 묻기 어려우니 호검에게 질문 공세를 펼쳤다.

"뭐래요? 미슐랭에서 나온 사람들 맞대요?"

"맛있다고 칭찬한 거죠?"

"어느 나라 사람이래요?"

호검은 대충 있었던 일을 설명했다. 다른 셰프들은 미슐랭에서 나온 사람이 아니란 사실에 조금 실망했지만, 극찬받은 호검을 축하해 주었다.

"이탈리아 사람이 인정한 거면 강 셰프님은 이탈리아 가서 레스토랑 하셔도 승산이 있겠는데요?"

"그러게요. 대단하시네요!"

막내 보성은 자신보다 불과 2살 많은 호검을 굉장한 선배 보듯 존경하는 눈빛으로 쳐다보았다. 영광과 기철은 밑의 셰프들이 호들갑을 떨든 말든 무시하고 자기들 일에만 열중하고 있었으나, 속으로는 호검이 무척이나 부러웠다.

"아, 근데, 정말 레스토랑 안 열어요? 최 셰프님이랑요."

"전 아직 배울 게 많아서 좀 더 후에 열려고요."

호검의 겸손한 발언에 다른 셰프들은 지금 당장 열어도 될 것 같은데 뭘 그러냐며 호검을 띄워주었다. 그러고는 나중에 레스토랑 열 때 셰프가 필요하면 자기들도 좀 데려가라고 부탁을 하기도 했다.

"자자, 이제 그만 떠들고, 17번 테이블 마지막 주문이야. A코스 둘, B코스 둘!"

민석의 말에 셰프들은 다시 팬을 들었다.

"네, 셰프!"

밤 11시, 〈라비올〉 레스토랑의 영업시간은 이미 끝이 났고, 주방 청소까지 모두 끝났다. 다른 주방 식구들은 모든 정리가 끝나자, 탈의실로 곧장 가서 옷을 갈아입었는데, 호검과 수정은 탈의실이 아니라 테라스로 발걸음을 옮겼다. 수정이 야경을 잠시 보고 가자고 호검을 조른 것이다. 호검도 처음 와보는 수상 레스토랑이라 궁금하기도 해서 커피를 만들어 그녀와 함께 테라스로 나갔다.

"와, 야경 너무 이쁘다! 그치?"

수정이 탄성을 지르며 말했다. 답답했던 실내에서 바깥으로 나오니 호검은 속이 뻥 뚫리는 것 같았다.

"후우. 시원하네! 좋다, 정말!"

잠시 둘은 고개를 이리저리 돌리며 한강의 야경을 구경했다. 근처에 보이는 한강 다리에는 오색의 빛들로 꾸며져 있어 밤에 보니 정말 아름다웠다.

수정은 따뜻한 커피가 담긴 머그잔을 손으로 만지작거리다가 슬쩍 말을 꺼냈다.

"음, 너 저번에 연애할 생각 없다고 했었잖아……. 맞지?"

"응."

"지금만 그런 거야, 아니면, 원래 여자에 관심이 없는 거야? 아, 그냥 궁금해서 물어보는 거야."

"음, 내가 아직 할 일이 많아서 말이야. 요리사로서 성공할 때까지는 좀 보류해야 하지 않을까 싶어. 이렇게 말하면, 지금은 여자에 관심이 없다는 말이 되는 건가? 아하하."

호겸이 멋쩍게 웃으며 말했고, 수정은 잠시 생각하더니 다시 물었다.

"연애도 하고, 요리도 하면 되잖아?"

"만약에 연애를 하면, 내가 요리에만 열중해야 하니까 여자한테 소홀해지고, 그럼 잘 못해주니까 내가 미안해지고……. 데이트도 해야 할 텐데 말이야."

"네가 연습 삼아 만드는 요리를 여자친구한테 맛보게 하면 되잖아. 요리하는 남자, 얼마나 멋있어? 그리고 데이트는 맛집 데이트 하면 되겠네."

"맨날 먹기만 하냐고 할걸? 아, 근데 너……."

"나? 왜?"

수정은 야경의 불빛처럼 눈을 초롱초롱 빛내며 호검을 쳐다보고 물었고, 호검은 몸을 웅크리며 수정에게 말했다.

"너 안 추워? 으……. 춥다, 이제. 들어가자."

금방 밖으로 나왔을 때는 시원했는데, 조금 지나니 겨울밤이라 추위가 엄습해 왔던 것이다.

"에이. 그래, 들어가."

수정은 뭔가 못마땅한 듯 먼저 실내로 들어갔고, 호검이 그녀의 뒤를 따라 들어왔다. 그런데 카운터 앞에서 민석과 태진이 대화를 나누는 소리가 들렸다.

"최 셰프, 어떻게 좀 안 되겠어?"

"안 된다니까. 나 학원 하잖아. 오늘 부탁도 겨우 들어준 거야."

"아, 오늘 정말 손님들 반응이 너무 좋아서 그래. 최 셰프가 안 되면 그 둘한테라도 말 좀 해봐."

"걔들은 우리 학원 강산데, 안 되지. 당연히."

태진은 민석을 헤드 셰프로 스카우트하거나, 수정과 호검 중에 하나라도 셰프로 삼고 싶다고 민석을 조르고 있는 것 같았다. 하지만, 민석은 단호했다.

민석이 단호히 거절하자, 태진은 결국 포기하고는 마지막 부탁을 했다.

"알았어. 그럼, 오늘 그 A, B코스 그거 우리 레스토랑에 고정 메뉴로 넣어도 될까? 이 부탁은 좀 들어줘. 응?"

민석은 마침 지나가는 호검과 수정을 불러 의견을 물었다. 호검이 낸 아이디어가 많으니 허락을 구한 것이다.

"네, 그렇게 하세요."

"오, 고마워! 강 셰프! 최 셰프도!"

"근데, 원래 있던 헤드 셰프랑 수 셰프가 반발하지 않겠어?"

"몰라. 이게 더 맛있는데, 자기들도 먹어보면 알겠지, 뭐. 그건 내가 알아서 할게."

"그래, 어? 너희들 근데 아직도 옷 안 갈아입었어? 이제 가야지."

민석이 아직 조리복을 입고 있는 호검과 수정을 보고 말했다.

"네, 지금 가서 갈아입으려고요."

수정과 호검은 얼른 탈의실로 가서 옷을 갈아입었고, 짐을 챙겨 탈의실을 나왔다. 그런데 탈의실 앞에 태진이 기다리고 서 있었다.

"어? 사장님! 저희 기다리신 거예요?"

"응. 맞아."

수정과 호검이 의아해하며 그를 쳐다보았다.

태진은 우선 그들에게 봉투를 내밀었다.

"일단, 이거 받아. 오늘 일당이야. 너무들 수고해서 넉넉히 넣었어."

"아, 감사합니다."

수정과 호검이 꾸벅 인사를 하며 봉투를 받았다.

"그리고, 할 말이 또 있는데……."

"네, 말씀하세요."

"둘 다 혹시 일자리가 필요하면 언제든 우리 레스토랑에 와. 내가 무조건 자리 만들어줄게. 알겠지?"

태진은 훗날을 미리 기약하려는 듯 수정과 호검에게 당부했다.

"아, 네. 감사합니다."

"그럴게요. 감사합니다."

둘은 공손히 인사를 하고 레스토랑을 나왔다. 밖으로 나가니, 영광과 기철을 제외한 나머지 주방 식구들이 그들을 기다리고 있었다.

"아, 우리 그냥 이렇게 헤어지기 섭섭한데 간단히 맥주나 한 잔하고 갈까요?"

윤건이 호검과 수정에게 물었다.

"그럴까요?"

호검과 수정은 고개를 끄덕였고, 그들은 다 함께 호프집으로 향했다.

"오늘 다들 수고 많았어요!"

"건배!"

셰프들은 다함께 맥주잔을 높이 들며 건배를 했다.

"아, 오늘 하루만 같이 일했는데도 왜 이렇게 친해진 것 같죠?"

전채 요리 담당이 호검과 수성을 바라보며 아쉬운 듯 말했다. 그는 하루 만에 이렇게 친해졌는데, 내일부터는 또 못 본다니 정말 아쉽다고 투덜거렸다.

"그러게요. 저도 형들이랑 보성 씨가 보고 싶을 것 같아요. 아, 말 놓으세요, 형."

사석이니 호검이 자기보다 나이 많은 셰프들에게 자연스럽게 형이라고 불렀다.

"우리가 나이만 더 많지 실력으로 치면 호검 씨가 형인 것 같은데, 하하."

"에이, 무슨요! 이번에 저희가 준비해 온 레시피니까 익숙해서 잘했던 거죠. 다른 것들은 형들이 더 잘하실 거예요."

호검은 겸손하게 말했고, 다른 셰프들도 자기들을 높여주니 기분 좋아 했다.

술자리가 무르익자 다들 형 동생 하며 편하게 대화를 나누기 시작했다.

"아, 우리 수정이처럼 예쁜 셰프가 우리 주방에 맨날 있어

주면 정말 일할 맛이 날 텐데! 호검아, 넌 좋겠다. 이렇게 이쁜 수정이랑 같이 일하잖아?"

"아, 네. 좋죠! 그럼요. 하하하."

"호호호. 감사합니다. 저도 아쉽네요."

수정이 웃으며 윤건의 말을 받아주었다. 보성은 조금 취하자, 수정과 호검에게 같이 〈라비올〉에서 일하자며 졸랐다.

"누나, 진짜 여기서 일하면 안 돼요? 형, 형도 안 돼요?"

"나중에 기회가 되면!"

호검이 일단 그를 달래려고 이렇게 말했다. 뭐, 정말 일할 데가 필요할지도 모를 일이고.

그들은 호프집에서 즐겁게 대화를 나눴고, 마지막엔 서로 연락처를 교환했다.

"오늘 즐거웠어!"

"다들 연락하며 살자고!"

"네! 다음에 또 봐요!"

그들은 호프집 앞에서 작별 인사를 한 뒤 다들 각자의 집으로 돌아갔다.

　얼마 후, 쿠치나투라 요리 학원에서 민석, 수정, 호검, 그리고 고 셰프가 함께 점심을 먹기 위해 파스타 실습실로 모였다.

　오늘 점심 메뉴는 언제나처럼 역시 한식이었다. 민석은 외국 요리를 하도 많이 먹어서 파스타나 스테이크 같은 걸 좋아하지 않았다. 그래서 수정과 호검은 항상 점심을 한식으로 준비하곤 했는데, 오늘은 특별히 호검이 집에서 보쌈을 준비해 왔다. 그동안 호검은 이태리 요리를 해보느라 워낙 바쁘게 지내서 보쌈을 해 오지 못했었는데, 이제 거의 수업도 끝나가고 새해도 되어 민석에게 대접을 하고 싶었다.

"오! 호검아, 이거 너네 보쌈집에서 했던 그 비법으로 만든 보쌈이지?"

"네. 맞아요."

커다란 접시의 한쪽에는 보기에도 부드럽고 촉촉해 보이는 돼지고기가 가득 쌓여 있었고, 그 바로 옆에는 노란 배추 속 대와 무채김치가 소복하게 담겨 있었다. 무채김치의 사이사이에는 탱글탱글한 굴이 함께 섞여 있었다.

"고 셰프, 얘네 보쌈이 진짜 끝내줬었어."

"아, 그래요? 보쌈집을 했었구나. 와, 먹음직스럽네! 어디 그럼 한번 먹어볼까?"

"네, 많이 드세요."

호검이 방긋 웃으며 고 셰프에게 젓가락을 건넸다.

고 셰프는 침을 먼저 꿀꺽 삼키더니 젓가락을 들었다. 고 셰프는 돼지고기 한 점에 무채김치를 얹어 입에 쏙 집어넣었다. 고 셰프는 몇 번 씹어보고는 금방 눈을 크게 뜨며 말했다.

"이야, 이거 고기는 엄청 부드럽고, 잡내도 하나도 안 나네! 무채김치 이거도 기가 막힌데?"

"그치?"

민석은 배추 속대에 고기와 무채김치, 쌈장을 얹어서 입에 넣었다. 수정도 고기가 야들야들하니 부드럽다며 맛있게 먹기 시작했고, 호검도 다른 사람들이 다들 한 입씩 먹고 나자 자신도 젓가락을 들었다.

고 셰프는 정말 맛있는지 엄청난 속도로 고기를 입으로 계속해서 넣었다. 그러다 갑자기 호검을 툭 치며 말했다.

"호검아, 너 이 보쌈 장사 다시 할 생각 없니? 우리만 먹기 정말 아깝다."

"아하하하. 네, 생각 없어요. 보쌈집을 너무 오래 해서 질렸나 봐요, 제가."

"얼마나 했는데?"

"처음 보쌈집에 들어가서 일한 것부터 따지자면 한 10년 했죠."

"와, 진짜 오래 했구나. 근데 보쌈집 이름은 뭐였어?"

"〈오대보쌈〉이요."

"오대보쌈?"

오대보쌈이라는 말을 들은 고 셰프의 눈동자가 잠시 흔들렸다.

"아, 아… 아무튼 맛있네."

고 셰프는 대충 이야기를 마무리 짓더니 다시 열심히 보쌈을 먹기 시작했다. 호검은 살짝 이상한 느낌이 들었으나, 그냥 자기네 보쌈집 이름을 어디선가 들어봐서 그렇겠거니 했다.

넷이 한창 맛있게 보쌈을 먹고 있는데, 호검의 휴대폰이 울렸다. 호검이 보니 모르는 전화번호라서 일단 한차례 거절 버튼을 눌렀다. 그런데, 잠시 후, 아까 전화가 온 전화번호로부터 문자메시지가 왔다.

[강 셰프님, 강 회장님이 전화 연락 기다리십니다. 이 전화번호로 연락 부탁드립니다.]

'잉? 강 회장님?'

호검은 자리에서 벌떡 일어났다.

"저, 잠시만요."

호검은 휴대폰을 들고 실습실 바깥으로 나가 얼른 전화를 걸었다.

"안녕하세요!"

―강 셰프님! 안녕하세요. 잠시만요. 회장님 바꿔 드릴게요.

"네."

―강 셰프! 우리 통화는 처음 하는 거죠?

"네, 안녕하세요, 회장님. 혹시 강 이사님께 무슨 일 있으신가요?"

호검은 강 회장이 강 이사 대신 뭔가 할 말이 있어서 연락을 한 줄 알고 넘겨짚어 물었다.

―아, 아니에요. 그 녀석이야 늘 잘 있죠. 오늘은 내가 부탁이 있어서 전화했어요.

"아, 네. 어떤 부탁이신지……."

―내가 아는 사람이 강 셰프를 좀 소개해 달라고 그래서

말이에요. 내가 이태리에서 만났던 안토니오 셰프의 실력에 버금가는 셰프라고, 강 셰프 이야기를 좀 했거든요. 그랬더니 막 소개를 해달라고 해서…… 하하하.

"감사합니다. 그럼 제가 요리를 해드리면 되는 건가요?"

―음, 아마도요. 일단 그분 한번 만나볼래요? 자세한 건 나도 잘 몰라서. 우리 호텔 카페에서 이따 저녁 8시쯤 괜찮은가요?

"음, 네. 시간 괜찮습니다."

―그럼 그렇게 전할게요. 아, 누군지 얼굴도 모르면 만나기가 곤란하지. 참. 강 셰프도 아는 사람일 텐데.

"제가요? 전 그렇게 넓은 인맥은 아닌데……."

솔직히 호검은 자신이 강 회장같이 높은 사람의 지인을 절대 알 리가 없다고 생각했다.

―한 번쯤 본 적 있을걸요? 아, 모르면 검색해 보면 얼굴 알겠네.

"인터넷 검색이요? 그럼, 연예인인가요?"

―아하하. 아니에요. 외교부 장관님이에요.

"네? 누구시라고요?"

호검은 깜짝 놀라 되물었다. 장관이라니. 역시 회장님의 인맥 클래스는 달랐다.

―이동섭 외교부 장관님이요.

"와… 장관님이라니……."

호검은 이 말을 하고 한참을 멍하니 있었다. 갑자기 아무 말이 없자, 강 회장이 말했다.

—여보세요? 강 셰프, 긴장할 필요는 없어요. 장관도 그냥 다 사람이잖아요. 하하하. 그냥 대화 좀 나누면 돼요. 장관님도 뭐가 부탁하실 모양이니까, 강 셰프가 가능하면 들어주고, 안 되면 뭐, 못 들어주는 거죠.

강 회장은 대수롭지 않게 말하더니, 곧 전화를 끊었다.

호검은 전화를 끊고도 잠시 어안이 벙벙해서 그대로 서 있다가, 외교부 장관이 자신을 찾을 일이 무엇인가 생각해 보았다.

'외교부 장관님도 미식가신가? 그럴 수 있지. 근데 내가 고민할 게 뭐 있어? 날 찾는 거면 요리 해달라는 거겠지⋯⋯. 근데, 좀 긴장된다. 으⋯⋯.'

호검은 장관도 사람이라는 강 회장의 말을 되뇌며 긴장된 마음을 가라앉히고, 다시 실습실로 들어갔다.

호검이 다시 실습실로 들어갔더니, 민석은 수정에게 이태리 코스 요리 클래스를 듣는 중인 한 여자에 대해 말하고 있었다.

"그 윤송이 씨 말이야. 되게 열심히 하고 잘하지? 근데 조용한 성격인가 봐. 잘 웃긴 하는데 말수는 별로 없는 것 같아."

"네, 그런 것 같아요. 수줍음이 많은가 봐요."

"차 강사보다 한 살 어리던가?"

"네. 맞아요."

"참하던데, 호검아, 그 여자애 어떠냐?"

민석의 뜬금없는 질문에 호검이 당황해서 되물었다.

"네? 뭐가 어때요?"

"관심 없어?"

수정은 민석의 말에 살짝 표정이 굳어졌다가 호검을 쳐다보았다.

"아, 원장님도 참. 관심 없어요. 저 요리하느라 바빠요."

"아무리 바빠도 연애할 시간은 있다는 말 몰라? 하하하. 아, 그럼 우리 아들이나 소개시켜 줄까?"

민석이 싱글벙글 웃으며 말하자, 수정이 얼른 그의 말을 받았다.

"네, 잘 어울릴 것 같아요!"

"그래? 언제 한번 코스 요리 수업 시간에 아들 녀석 오라고 해야겠다. 아, 남자친구 있으려나?"

"제가 슬쩍 물어봐 드릴까요?"

수정이 이제 표정을 풀고 웃으며 말했다.

"그럼 좋지. 하하하. 아, 배부르다. 호검아, 넌 다 먹은 거야?"

"네, 전 다 먹었어요."

"저도요."

수정이 젓가락을 내려놓으며 말했다. 그러자 고 셰프가 민석에게 말했다.

"원장님, 그럼 이 남은 고기 2점, 제가 다 먹겠습니다."

"고 셰프 진짜 잘 먹는데? 그래, 고 셰프 다 먹어."

고 셰프는 남은 고기와 무채김치를 다 입에 털어 넣었다. 만족스러운 점심 식사가 끝나고 넷은 다시 사무실로 올라갔다. 호검은 사무실로 올라간 김에 컴퓨터로 외교부 장관을 검색해서 얼굴을 확인했고, 퇴근하자마자 곧바로 K호텔로 향했다.

*　　　*　　　*

호검이 K호텔 1층에 위치한 카페로 들어선 시각은 7시 45분.

15분 일찍 도착한 호검은 먼저 외교부 장관이 와 있는지 카페를 한번 휙 둘러보았다.

'아직 안 오셨나 보다.'

그리고 외교부 장관이 보이지 않자, 창가 쪽에 자리를 잡고 앉았다. 10분 정도 기다리자, 외교부 장관인 이동섭이 카페로 들어섰다. 호검은 얼른 자리에서 일어나 그에게 다가갔다.

"장관님, 안녕하세요. 강호검입니다."

호검이 90도로 공손하게 인사를 했다.

"아, 강호검 셰프? 강 셰프 맞습니까?"

"네, 장관님. 강 회장님께 말씀 전해 들었습니다."

"오, 맞군요. 근데 난 나이가 많을 줄 알았는데, 굉장히 어려 보이네요? 나이가?"

"올해 스물여섯 되었습니다."

"오, 정말 어리네요. 강 회장이 추천할 정도면 실력이 대단하다는 건데, 어린 나이에……. 아, 우선 자리에 앉아서 천천히 이야기 나누죠."

이동섭과 호검은 자리에 앉아 커피를 시킨 뒤 이야기를 이어갔다.

"경력이 얼마나 돼요?"

"솔직히 경력은 얼마 되지 않습니다. 이태리 요리는 배운 지 몇 달 정도밖에 안 되었습니다."

"음, 강 회장이 경력이 얼마 되지 않는다더니……."

동섭은 호검의 실력을 믿지 못하는 눈치였다.

*   *   *

"강 회장이 거짓말을 할 사람은 아닌데, 근데 몇 달 만에 그렇게 요리를 잘하게 될 수 있다는 건 또 말이 안 되고……."

호검은 그의 실력을 믿게 하기 위해 좀 더 설명을 덧붙였다.

"아, 그런데 이태리 요리 배우기 전에 한식 식당에서 10년

정도 일했었습니다."

호검은 보쌈집이라고 하기보다는 한식이라고 말하는 편이 나을 것 같아 일부러 그렇게 말했다. 그러자 동섭은 그제야 조금 이해가 간다는 듯 고개를 끄덕였다.

"그럼 그렇지. 아, 한식을 그 정도로 오래 했던 사람이라면 다른 요리를 금방 배울 수도 있었겠네요. 음, 그럼 본론으로 들어갈까요?"

"네. 말씀하세요."

동섭이 말을 이어가려는데, 커피가 나왔다. 카페 여직원은 호검과 동섭의 앞에 커피가 가득 담긴 커피 잔을 살포시 놓고 사라졌고, 동섭은 커피가 뜨거운데도 곧바로 홀짝 한 모금 마시더니 다시 입을 열었다.

"내가 외교부 장관이라는 건 알고 있죠?"

"네. 물론 알고 있습니다."

"그래서 내가 외국의 장관들이나 대사들을 만날 일이 많아요. 그런데 이번에 내가 주한 이탈리아 대사 부부에게 식사 대접을 하려고 하거든요."

"아……."

호검은 그제야 외교부 장관이 왜 자신을 만나자고 했는지 알게 되었다.

"왜 우리도 타국에 가면 우리나라 음식이 먹고 싶잖아요?

그러니까 그분들한테도 이탈리아 음식을 대접하고 싶은데, 강회장이 안토니오 셰프 얘기를 하면서 강 셰프 이야기를 하더라고요. 그래서 주한 이탈리아 대사 부부를 위해 요리를 해주었으면 해요."

"아, 그런데 그럼 이탈리아인 셰프도 있을 텐데, 왜 저를……?"

"이탈리아인 셰프는 좀 부담스러워서요. 그리고 한국 사람이 이태리 요리를 잘해서 대접하는 게 그분들이 더 좋아하실 것 같기도 하고요. 자기네 나라 요리를 다른 나라 사람이 잘 만든다는 거 자체가 그분들이 기뻐할 일이지 않겠어요?"

동섭의 말에 호검은 일리가 있다는 듯 고개를 끄덕이며 말했다.

"장관님 말씀을 듣고 보니 그렇네요. 그럼 시간은 언제로 정해졌나요?"

"다음 주나 다다음 주 토요일 저녁으로 하고 싶은데, 시간 될까요?"

"네, 다다음 주 괜찮습니다. 장소는요……?"

"이번 식사는 좀 편하게 우리 집에서 할 거예요."

"네, 알겠습니다. 이태리 요리를 준비해 가면 되는 것이죠?"

"네, 맞아요. 알아서 이탈리아 사람들 입맛에 맞을 만한 걸로 준비해 주시면 좋겠어요. 이탈리아 가정식도 좋고요."

"알겠습니다. 최선을 다해 준비해 가겠습니다."

"정말 중요한 분들이라서 신경 좀 많이 써주세요."

동섭은 몇 번이나 호검에게 당부를 했다. 그는 자신의 연락처를 건네며 조만간 자기 집 주소를 알려주겠다고 했고, 보수에 대한 것도 상의하기로 했다.

*　　　　*　　　　*

며칠 후, 호검은 학원에서 재료를 준비하면서 이태리 요리를 뭘 만들어줄까 고민하고 있었다.

'코스 요리가 곧 가정식이니까 간단한 코스로 준비하면 될 것 같은데…… 주한 이탈리아 대사 부부 취향이 어떤지 모르겠네. 흠…… 뭔가 새로운 메뉴를 준비하는 게 좋을까? 아니면 다들 아는 요리?'

그때, 함께 재료를 1인분씩 나눠 담고 있던 수정이 호검에게 말했다.

"호검아, 너 거기 마늘 세 개 넣었어."

"응?"

호검이 작은 플라스틱 컵에 마늘을 두 개씩 넣어야 하는데, 딴생각을 하다가 마늘을 세 개 넣은 것이다.

"아, 미안."

호검이 얼른 마늘 한 개를 다시 꺼냈다.

"무슨 생각을 그렇게 해?"

"아, 나야 뭐 맨날 요리 생각이지."

"근데 너 참, 저번에 여기 이태리 요리 다 배우고 나면, 일식이나 중식 같은 거 배우러 갈 거라고 하지 않았어?"

"응, 맞아."

"이제 코스 요리 클래스도 거의 다 끝나가잖아? 다른 건 이미 다 마스터했고 말이야. 앞으로 어떡할 거야?"

"그래서 사실 요즘 좀 고민이야. 내가 다른 요리를 배우러 가면 보조 강사는 못 하게 될 것 같거든. 그럼 다른 사람을 뽑아야 할 텐데……"

"아……. 정말 그렇겠구나."

수정은 조금 시무룩해하더니, 그 후로는 말없이 열심히 재료 준비만 했다.

'내가 그만둘지도 모른다고 하니 섭섭한가? 하긴, 나도 그렇긴 하지…….'

호검은 수정의 눈치를 살피다가 무언가 말을 하려는데, 실습실 문이 열리며 민석이 들어왔다.

"호검아!"

"네!"

호검이 갑작스러운 민석의 등장에 놀라 반사적으로 몸을

일으켰다. 민석은 호검에게 성큼성큼 걸어오더니 말했다.

"내가 아까 학수랑 통화를 했거든?"

"네? 학수……?"

"천학수! 중식 요릿집 하는 내 친구 말이야. 너희 아버지 친구기도 하고. 학수한테 전화가 와서 네가 생각이 났어. 너 이태리 요리 거의 다 배웠잖아? 이제 다른 요리도 배우러 가야지. 그래서 내가 철수 아들이라고 널 소개하……."

"소개하셨어요?"

호검이 깜짝 놀라 물었다. 호검은 자신을 소개하지 않길 바랐던 것이다. 그는 아는 사람이라고 그곳에서 특혜를 받는 것도 싫고, 혹시라도 〈오대보쌈〉을 망하게 한 사람과 연관이라도 있을까 두렵기도 했다.

"아니, 하려다 말았지. 학수가 주방에 사람이 모자란 것 같더라고. 뭐 직원을 더 뽑을까 말까, 마음에 드는 사람이 없네 어쩌네 하던데. 그래서 널 소개해 줄까 싶었는데, 일단 너한테 물어보는 게 순서인 것 같아서. 네가 혹시라도 생각이 바뀌어서 이태리 레스토랑이라도 해볼까 할 수도 있으니까. 어떻게, 중식 관심 있어?"

"음, 저도 사실 원장님께 말씀드리기가 좀 죄송해서 말씀 안 드리고 있었는데요, 제가 중식을 배우러 가게 되면 보조 강사를 못 하게 되니까……."

"그건 걱정 마! 원래 네가 여기서 이태리 요리 다 배우고 나면 다른 요리 배우러 가려고 했었잖아. 이미 다 알고 있던 사실인데 뭐. 그리고 보조 강사는 금방 구할 수 있을지도 몰라. 허허허."

"혹시 저번에 저랑 테스트 함께 받았던 그분 생각하시는 거예요?"

호검이 말한 그 사람은 고 세프가 추천해서 호검과 테스트를 함께 받았던 박명진을 말하는 것이었다.

"아냐. 아무튼, 그건 걱정 말고, 넌 네 결정대로 해. 내가 보니까 넌 정말 요리에 재능이 많아. 여기만 있기엔 아까우니까. 그래서, 학수한테 소개해 줘, 말아?"

"소개는 안 해주셔도 돼요. 그냥 전 모르는 사람으로 들어가고 싶어요. 사실 실제로 제가 그분을 알진 못하잖아요. 건너서 아는 거죠."

"아하. 특혜도 싫고, 주목받기도 싫다는 거군? 오케이. 근데 호검이 넌 금방 학수 눈에 띌 텐데? 네 칼질을 학수가 보게 되면 말이야. 아무튼, 지금 학수네 음식점에서 사람 구한다니까 한번 알아봐."

"네, 원장님. 감사합니다."

"뭘 이런 거 가지고. 일해."

민석은 뒷짐을 지고 유유히 실습실을 나갔다. 민석이 나가고 나자, 수정이 슬쩍 호검에게 물었다.

"넌 너 대신 들어올 보조 강사가 남자였으면 좋겠어, 여자였으면 좋겠어?"

"응? 나 대신? 그거야, 네 생각이 더 중요하지. 난 나가는 사람인데."

"치이. 남자여도 상관없다는 거지?"

"으응? 그건……."

사실 호검은 처음 학원에 들어와서 수정에게 관심이 있었다. 그런데 생각해 보니 자신은 앞으로 할 일이 너무나 많았다. 적어도 다음 WCC 세계요리월드컵이 열릴 때까지, 4년 동안은 말이다. 그래서 그는 연애는 4년 후로 미뤄두기로 한 것이다. 수정은 정말 아까운 여자였지만, 그 아까운 여자를 4년이나 기다리게 할 수도 없는 노릇이었고 말이다. 그런데 수정이 요 근래에 하는 행동으로 봐서는 자신에게 조금은 관심이 있는 눈치였다. 오늘 이런 질문을 하는 것도 그렇고.

'그때 그 박명진도 수정이한테 추근대려고 했었는데……. 괜히 이상한 놈이 꼬이면 어떡하지?'

호검이 차근차근 생각해 보니 자기 대신 남자 보조 강사가 들어오는 건 싫었다. 괜히 착한 수정이한테 나쁜 놈이 붙을까 봐도 걱정되고 말이다.

"음, 여자면 좋겠어."

호검의 말에 수정이 금방 활짝 웃으며 물었다.

"왜?"

"그냥. 나 말고 다른 남자가 너랑 같이 일하는 게 싫네. 나 잠깐 사무실에 좀 올라갔다 올게."

호검은 시크하게 답하더니 벌떡 일어나서 실습실을 나갔다. 수정은 그의 뒷모습을 바라보면서 함박웃음을 지었다.

* * *

호검이 외교부 장관 집으로 요리를 해주러 가는 날이 코앞으로 다가왔다. 그는 학원 일을 마치고 일찍 귀가해서 내일 사러 갈 재료들을 확인하고 있었다.

'내일 내가 직접 장을 봐서 가야 하니까, 아침에 장을 보고…… 아, 피자 반죽은 아예 좀 해가지고 갈까?'

호검은 이번에는 새로운 메뉴를 짠 것이 아니라, 원래 이탈리아 사람들이 좋아하는 재료들로 익숙한 음식을 대접하기로 했기에 요리사의 돌은 사용하지 않았다.

호검이 레시피를 확인하면서 재료들을 적고 있는데, 그의 휴대폰이 울렸다. 이동섭에게서 걸려온 전화였다. 호검은 얼른 전화를 받았다.

"여보세요."

―강 셰프, 급한 일이라 바로 전화했어요. 내일 손님이 두 명 더 늘 것 같아요. 이탈리아 대사한테서 방금 연락이 왔는데, 중국 대사 부부도 함께 오고 싶어 한다고 해서요. 2인분 더 준비 될까요?

이탈리아와 중국은 원래 우호적인 관계를 유지하고 있어서 대사들끼리도 친했다.

"아, 네. 알겠습니다. 그럼 2인분 더 준비해 가겠습니다. 그런데 중국 요리를 따로 준비해야 하는 것은 아닌 거죠?"

―네, 이태리 요리로 준비해 주시면 돼요. 중국 대사 부부도 이태리 음식 좋아한대요. 아무튼, 그렇게 준비해 주세요. 아, 재료가 많을 테니, 차를 보내줄게요.

"네, 감사합니다. 그럼 내일 뵙겠습니다."

*　　　*　　　*

다음 날, 호검은 아침부터 분주했다. 그는 아침을 먹자마자, 피자를 만들 반죽을 해서 숙성시켜 놓았고, 점심때쯤 마트로 장을 보러 갔다. 호검은 토마토, 차이브, 바질, 생모차렐라, 소 안심, 프로슈토, 세이지, 새송이, 시금치, 달걀 등등 많은 재료를 샀다.

그는 장 봐 온 재료들을 학원에서 재료 준비하던 솜씨로 재빨리 씻고 다듬어 양을 나눠 담아놓았다. 그런 다음 이번엔 세몰라에 물과 소금, 올리브 오일을 넣고 생면을 반죽하기 시작했다.

그가 오늘 선보일 프리모 피아또는 생면으로 만든 깐넬로니 그라탕이었다. 깐넬로니는 튜브라는 뜻으로 라쟈냐 면처럼 넓고 평평한 면에 소를 넣고 돌돌 말아 만든 음식이었다. 이탈리아에서는 가정에서 생면도 많이 만들어 먹는데, 시중에서 파는 건면보다 쫄깃하고 촉촉해서 더 맛있었다.

호검은 파스타 클래스에서 생면 수업을 할 때 반죽을 펴주는 기계를 샀었다. 그는 생면을 열심히 치대서 반죽 펴는 기계에 넣고 돌려 깐넬로니를 만들 때 사용할 직사각형의 평평한 면을 준비했다.

그는 먼저 숙성시켜 놓은 피자 도우, 깐넬로니를 만들 생면, 그리고 깨끗이 다듬어놓은 다른 재료들을 챙겼다. 그는 재료들을 한 아름 안고 외교부 장관이 보내준 차에 몸을 실었다.

호검은 저녁 식사 시간이 되기 2시간 전에 먼저 외교부 장관의 집에 도착해서 음식 준비에 들어갔다. 외교부 장관은 3층짜리 전원주택에 살고 있었는데, 실내에 들어서자 고급스러운 가구들과 멋진 액자들이 눈에 띄었다.

'와, 역시 집이 좋네…….'

외교부 장관의 집에 상주하는 가정부 아주머니를 따라 주방으로 들어선 호검은 가장 먼저 주방의 대리석으로 만들어진 아일랜드 식탁을 확인했다. 그리고 다음으로 오븐의 최고 온도를 체크했다. 피자를 만들려면 평평한 대리석과 300도 정도까지 온도를 올릴 수 있는 오븐이 필요했다. 그래서 며칠 전에 호검이 외교부 장관에게 물었었는데, 둘 다 있는 것 같은데 정확히는 모르겠다고 해서 오자마자 그것부터 확인한 것이다.

호검은 가져온 재료들을 펼쳐놓고 음식 준비를 시작했다.

호검은 먼저 샐러드 채소들을 준비했고, 안티파스토로 제공할 멜론프로슈토와 농어타르타르를 만들었다. 나머지는 그때그때 제공하기 위해 조리 준비만 해두었다.

그리고 저녁 식사 시간이 거의 다 되었을 때 그는 코스 요리 외에 함께 내놓을 감자를 튀기고 있었다. 그가 마지막 남은 감자 몇 조각을 튀기고 있는데, 누군가 주방으로 들어오더니 호검을 불렀다.

"강 셰프!"

호검은 집중하고 있던 터라 자신을 부르는 소리에 깜짝 놀라 옆을 돌아보았다.

　옆을 돌아보자, 외교부 장관인 이동섭이 부인과 함께 서 있었다.

　"뭘 그렇게 놀라요? 하하하, 납니다. 식사 준비는 거의 다 되었나요?"

　"제가 너무 집중해서, 장관님이 부르시는 소리에 깜짝 놀랐네요. 하하, 안녕하세요."

　호검이 동섭과 그의 부인에게 고개 숙여 인사하자, 부인도 호검에게 살짝 묵례를 했다. 그리고 그들의 뒤를 이어 주한 중국 대사 부부가 먼저 들어왔다. 그들은 서툰 한국어로 '안녕하세요'를 말했고, 호검도 인사를 했다.

이어 주한 이탈리아 대사 부부가 들어왔는데, 이탈리아 대사가 깜짝 놀라며 소리쳤다.

"Mamma Mia(맘마미아)! 호검!"

맘마미아는 이탈리아어로 '어머나'란 뜻이었다. 호검도 그를 보고 눈이 휘둥그레졌다.

"마테라치?!"

주한 이탈리아 대사는 바로 2주 전 〈라비올〉 레스토랑에서 만났던 이탈리아인 마테라치였던 것이다. 마테라치는 얼른 호검에게 다가와 그의 손을 덥석 잡았다.

그러자 동섭이 깜짝 놀라며 둘을 번갈아 쳐다보았다.

"두 분 아는 사이에요?"

동섭이 마테라치에게 영어로 물었다.

동섭뿐만 아니라 다른 사람들도 모두 궁금해하는 표정으로 호검과 마테라치를 쳐다보고 있었다. 마테라치는 영어로 그들에게 호검과 2주 전에 만난 적이 있다는 이야기를 했다. 그때 호검의 음식 솜씨에 반했다는 이야기도 함께.

동섭은 마테라치의 말에 굉장히 기뻐했다. 동섭이 마테라치에게 맛있는 저녁을 대접하겠다고 장담했는데, 그걸 담당한 셰프가 마테라치가 일전에 극찬한 적이 있는 호검이라니, 오늘 저녁은 무조건 성공한 대접이 될 것임이 자명했다.

동섭은 이런 호검을 소개해 준 강 회장에게까지 감사한 마음이 들 정도였다. 그리고 그도 마테라치의 말을 들으니 호검의 요리가 기대되었다. 주한 중국 대사 부부도 호검의 요리가 매우 기대되는 모양이었다.

동섭은 호검에게 주한 중국 대사 부부도 소개해 주었고, 다들 서로 반갑게 인사를 나누었다. 인사를 나눈 후, 외교부 장관 부부와 주한 중국 대사 부부, 그리고 주한 이탈리아 대사 부부는 식탁에 앉아서 함께 영어로 대화를 하기 시작했다.

"아, 내가 아는 사람한테 셰프를 소개시켜 달랬더니 이 어린 친구를 소개해 줘서, 사실 조금 걱정이 되었는데 정말 실력 있는 셰프가 맞나 보네요! 마테라치가 그렇게 맛있었다는 걸 보니 말이에요."

"한국에서 먹어본 요리 중에 베스트였어요. 안 그래도 그의 요리가 계속 생각났었는데, 정말 잘됐네요. 오늘은 정말 행복한 날이 되겠군요! 하하하."

마테라치는 호검의 요리를 먹을 생각에 기분이 들떴는지 계속 화통하게 웃어댔다.

호검은 영어를 잘 못 해서 무슨 말인지는 정확히 몰랐지만, 분위기로 봐서 좋은 이야기인 것 같아 그저 웃으며 방금 튀긴 감자를 접시에 담았다. 그러고는 곧바로 미리 펴놓은 피자 도우에 재빨리 토마토소스와 생모차렐라 치즈, 바질을 올려

300도로 예열되어 있는 오븐에 넣었다.

이미 식탁에는 앞접시와 컵, 포크 등을 세팅되어 있는 상태였고, 호검은 먼저 샐러드와 웨지감자튀김을 커다란 접시에 담아 식탁의 가운데에 놓았다.

"오렌지 소스의 로메인 샐러드와 웨지감자튀김입니다. 3분 후에 마르게리타 피자와 안티파스토도 나올 겁니다."

오렌지 소스의 로메인 샐러드, 웨지감자튀김, 마르게리타 피자는 호검이 코스 요리 외에 함께 먹을 수 있도록 미리 준비해 둔 요리였다. 샐러드와 웨지감자는 고기 요리를 먹을 때 함께 먹으라고 준비한 것이었고, 마르게리타 피자는 이탈리아 사람이라면 대부분 좋아할 만한 것이라 일부러 코스 요리 외에 추가로 준비한 것이었다.

마르게리타 피자는 토핑에 토마토, 모차렐라 치즈, 바질만을 올려 만드는 이탈리아의 가장 기본적인 피자인데, 바질의 초록색, 모차렐라 치즈의 흰색, 토마토의 빨간색이 이탈리아 국기를 상징했다. 1889년 사보이의 여왕 마르게리타의 나폴리 방문 때 돈 라파엘 에스폰트라는 당시 최고의 요리사가 마르게리타 여왕을 위해 이탈리아 국기를 상징하는 이 피자를 만들어 바쳤기에 마르게리타 여왕의 이름을 따서 이런 이름을 갖게 되었다. 그래서 이런 배경을 아는 호검이 일부러 마르게리타 피자도 준비한 것이다.

금방 오븐에서 피자 냄새가 솔솔 풍겨 나오기 시작했다.

"오, 고소한 치즈와 이 바질 향! 벌써 군침이 도네요."

마테라치가 행복한 미소를 지으며 말했다. 다른 사람들도 피자 향을 맡자 맛있겠다며 침을 꼴깍 삼켰다.

"아! 바로 와인 딸까요? 피자 향을 맡으니 와인이 먹고 싶어지네요. 어떠세요?"

"좋습니다!"

동섭은 이태리산 화이트와인과 잔을 준비해 와서 직접 대사 부부들에게 따라주었고, 그사이 피자가 완성되어 나왔다.

"와아!"

역시 피자는 냄새도 좋지만, 보기에도 정말 먹음직스러워 보였다. 마테라치는 얇은 이태리 피자는 손으로 반을 살짝 접어 먹어야 맛있다며 곧바로 피자 한 조각을 집어 들었다. 생 모차렐라 치즈가 주욱 늘어나는 모습을 본 다른 사람들도 못 참겠다는 듯 다들 마테라치를 따라 피자를 한 조각씩 집어 들고 먹기 시작했다.

"으음."

다들 음미하는 소리만 내며 조용히 피자를 먹더니, 다 먹고 나자 한 명씩 입을 열었다.

"이거, 화덕에서 구운 것처럼 바삭하고 정말 맛있네요."

"근데 뭐 든 게 없는데 왜 이렇게 맛있죠?"

"이 화이트와인과도 정말 잘 어울리네요. 호호호."

피자는 대사들뿐만 아니라 부인들의 마음까지 사로잡았다. 장관 부부와 대사 부부들은 피자를 더 만들어 달라고 했는데, 호검이 그럼 다른 요리들을 못 먹는다고 만류했다. 그러자 마테라치도 다른 사람들을 달래며 말했다.

"그래요, 코스 요리도 엄청 맛있을 거니까 좀 참으세요. 하하하."

호검이 오늘 준비한 코스 요리는, 멜론프로슈토와 농어타르타르, 깐넬로니 그라탕, 소안심 살팀 보카, 크림치즈와 산딸기를 곁들인 크레스펠레였다.

호검은 이번 코스 요리는 요리사의 돌을 사용하지 않고 호검이 알고 있는 정통 이태리식으로 준비했다. 그는 먼저 안티파스토인 멜론프로슈토와 농어타르타르를 서빙했는데, 농어타르타르는 신선한 농어 살을 다져 토마토 다진 것, 차이브, 바질 다진 것, 올리브 오일과 함께 버무린, 정통 이태리식으로 만든 것이었다.

"오, 이거 이탈리아 정통식 레시피로 만든 거죠? 농어도 신선하고 정말 입에서 살살 녹네요. 맛이 어떠세요, 마룽?"

마테라치가 주한 중국 대사 마룽에게 물었다. 마룽은 엄지를 척 들어 보이며 고개를 끄덕였다.

"아주 맛있네요."

이어진 프리모 피아또는 다진 시금치와 다진 살라미, 리코타 치즈 등을 넣고 돌돌 말은 깐넬로니 위에 베사멜 소스와 토마토 소스를 얹어 오븐에 구운 깐넬로니 그라탕이었는데, 이것 역시 반응이 좋았다. 특히 부인들이 부드러운 베사멜 소스를 굉장히 좋아했다.

마테라치는 깐넬로니가 정말 쫄깃하고 부드럽다며 대번에 직접 만든 생면이라는 것을 알아챘다.

"이거 직접 만든 생면이죠?"

"네. 제가 직접 생면을 만들어 먹어보니 시중에 건면으로 나온 것들보다 훨씬 맛이 좋더라고요. 그래서 대사님도 생면을 더 좋아하실 것 같아서 준비했습니다."

"오, 맞아요. 우린 이탈리아에서 주로 생면을 만들어 먹거든요. 생면이 훨씬 맛있죠."

세 쌍의 부부는 호검이 요리 하나를 내갈 때마다 남김없이 접시를 비웠다. 그것도 굉장히 빠른 속도로.

그리고 맛있는 요리를 먹으니 그들의 대화는 자연스럽게 요리에 대한 이야기로 흘러가고 있었다. 보통 대사들은 다른 나라에 가서 자기네 나라 음식을 많이 알리고자 했다. 사람들이 다른 나라에 대한 호감도가 상승하는 데에 음식이 중요한 역할을 하기 때문이었다. 음식은 강력한 외교 수단으로 여겨지는데, 유명한 음식외교로는 프랑스의 와인외교, 일본은 스시

외교가 있었다. 이런저런 이야기를 나누던 중 마테라치가 외교부 장관에게 물었다.

"한국에는 스님들이 사는 절에서 만들어 먹는 음식이 있지요?"

"아, 네. 사찰 음식이라고 하죠. 스님들은 육식을 하지 않기 때문에 채소로만 음식을 만드시죠."

호검은 다음 요리를 준비하고 있었는데, 동섭과 마테라치가 영어로 대화하는 중에 '사찰'이라든가, '오신채' 이런 것들을 한국말로 해서 사찰 음식에 대한 이야기를 하고 있다는 걸 알 수 있었다.

'외국 사람들이 사찰 음식에 관심이 정말 많나 보네?'

호검은 신기해하며 그들의 대화에 귀를 쫑긋 세웠다. 물론 거의 못 알아듣는 영어였지만.

"고기 말고 오신채? 뭐 그런 것도 안 넣는다고 하던데요?"

"네, 맞습니다. 많이 아시네요. 오신채는 마늘, 파, 부추, 달래, 흥거를 말하는데요, 이 다섯 가지 식물이 향도 강하고, 성질이 매워서 마음을 흩뜨리고, 그래서 수행하는 데 방해가 된다고 여기기 때문입니다. 그래서 사찰 음식에는 이들을 대신해서 생강, 다시마, 들깨, 버섯 등을 많이 사용하죠. 아, 흥거 대신 한국에서는 양파를 금지하고 있어요. 흥거는 우리나라엔 없는 식물이거든요."

외국 사람들은 우리나라 사찰 음식에 대한 관심이 많았다. 불교문화에 관심이 많아서이기도 했고, 육류 섭취가 많은 외국인들은 채소로만 음식을 만든다는 것을 특이하게 생각했다. 또한 외국에서 웰빙 바람이 불었는데, 사찰 음식이 맛도 있으면서 웰빙 음식이라는 점에서도 인기가 좋았다. 그래서 외교부 장관도 음식 쪽 외교를 고려해 보고 있는 차였다.

"언제 기회가 되면 사찰 음식도 맛보고 싶네요."

"곧 그런 자리를 마련할 계획에 있습니다."

"오, 좋네요. 하하하."

그때, 마롱이 불쑥 끼어들더니 로메인 샐러드와 웨지감자를 가리키며 말했다.

"이것도 사찰 음식이라고 할 수 있는 것 아닙니까? 신선한 채소로만 만들었잖습니까?"

"그런 건가요? 하하하."

마롱의 농담에 동섭과 마테라치는 껄껄 웃었다.

잠시 후, 세콘도 피아또인 소안심 살팀 보카가 제공되었다. 호검이 준비한 소안심 살팀 보카는 소안심에 프로슈토 햄을 싸고 그 위에 세이지 잎과 검은 후추를 뿌려 구워낸 요리였다.

그리고 그 위에 고기를 굽고 난 후 생긴 육즙에 버터와 화이트와인을 넣어 졸인 소스를 뿌리고, 구운 새송이도 곁들였는데, 이것 또한 맛있다고 다들 난리였다.

특히 부인들은 이제 배가 부른데 맛있어서 계속 입에 들어
간다며 큰일이라고 걱정을 했다.

"아, 살찌는데 큰일이에요."

"그러게 말이에요. 근데 정말 계속 먹게 돼요. 아……. 이거
다 먹으면 그다음은 뭐가 있죠?"

장관 부인이 걱정을 하며 물었고, 호검은 빙긋 웃으며 대답
했다.

"디저트 하나 남았습니다. 크레스펠레요."

"그래요? 디저트도 먹어야 하는데……."

"부인, 여자들은 디저트 배 따로 있다면서요?"

동섭이 부인에게 농담조로 말했다.

"그건 그래요. 일단 이거 다 먹고 나서 생각해야겠어요. 디
저트는 천천히 먹으면 되니까요. 호호호. 아, 근데 크레스펠레
는 어떤 건가요?"

동섭의 부인이 호검에게 다시 물었다.

"크레스펠레는 크레페를 말하는 거예요. 계란과 밀가루, 버
터, 설탕, 우유를 섞은 묽은 반죽을 팬에 얇게 구워내서 크레
스펠레를 만들고, 그 안에 크림치즈와 산딸기를 넣어서 부드
럽고 달콤한 크레스펠레를 만들어 드릴 겁니다."

"아, 그거 생각만 해도 너무 맛있겠네요!"

옆에서 이탈리아 대사 부인이 끼어들어 박수를 치며 말했다.

요리가 맛있어서 그런지 그들의 저녁 식사는 내내 화기애애한 분위기였다.

이탈리아 정통식으로 만들어진 음식들이었지만, 장관 부부도, 주한 중국 대사 부부도 모두 음식이 입에 잘 맞았는지 접시를 모두 비웠고, 매우 만족스러워했다.

그런데 주한 중국 대사인 마롱이 마지막 돌체로 제공된 크레스펠레를 먹다가 갑자기 호검을 불렀다.

"셰프 강, come here!"

"네!"

마롱은 영어로 말했는데, 호검이 'Come here!' 정돈 알아듣고 얼른 대답하며 식탁으로 달려왔다.

*   *   *

물론 다음은 외교부 장관이 통역을 해주었다.

"잠깐 여기 앉아보세요. 궁금한 점이 있어서요."

호검은 마롱이 시키는 대로 빈 의자에 앉았다. 그러자 마롱이 몸을 호검 쪽으로 가까이하며 물었다.

"이태리 요리는 이렇게 잘하시는데, 중국 요리 실력은 어떠신가요?"

마롱은 다른 나라 사람인 호검이 이태리 요리를 현지 요리사처럼 잘하니 부러웠던 모양이었다.

호검은 마롱의 질문에 살짝 당황해서 뜸을 들였지만, 곧 솔직하게 대답했다.

"중국 요리는 잘 못 합니다."

호검의 대답에 마테라치가 얼른 끼어들어 말했다.

"원래 다들 자기 전공 분야가 있는 것 아니겠습니까? 그래서 이태리 요리 요리사, 중식 요리사, 일식 요리사 다 따로 있잖아요. 요리라는 게 워낙에 광범위하다 보니 하나만 잘하기도 쉽지 않죠."

"하긴, 그건 그렇죠. 특히 우리 중국 요리는 아주 만들기가 까다로우니 다른 요리를 잘한다고 중국 요리도 잘하진 못하겠죠. 면 요리 하나를 하더라도 우린 수타면이라고 해서, 손으로 면을 가늘게 뽑잖아요. 면을 한 가닥으로 길게 뽑아 장수면을 만들기도 하죠. 그게 아무나 할 수 있는 게 아니거든요."

마롱이 자부심 가득한 말투로 말했다.

"뭐, 우리도 피자 도우는 손으로 펴요. 그것도 수타죠. 하하하."

마테라치가 질 수 없다는 듯 농담 반 진담 반으로 말했다. 그러자 동섭도 끼어들어 농담조로 말했다.

"우리도 칼국수라고 있어요. 수제비도…… 하하하."

자칫 마롱이 다른 나라 요리를 무시하는 느낌을 줄 수도 있었는데, 동섭이 자연스럽게 농담으로 잘 받아넘겼다. 그런 데 마롱은 멈추지 않고 이번엔 호검에게 중국 요리사들의 칼 솜씨에 대해 자랑하기 시작했다.

"우리 중국 요리에는 엄청 가늘게 채를 썰어서 하는 요리들 이 많아요. 칼질 실력이 받쳐주지 않으면 우리 중국 요리는 아 예 처음부터 만들 수가 없죠. 하하하. 아, 원시더우파오라고 들어보셨나요? 그 부드럽다는 연두부를 채 썰어서 만드는 요 리인데……."

동섭은 마롱이 호검을 보고 얘기하자, 호검에게 통역을 해 주었다.

'원시더우파오? 연두부를 채 썰어서 만드는 요리라고? 그럼 문사두부탕밖에 없는데? 그걸 중국말로 원시더우파오라고 하 나 보네?'

동섭의 통역을 들은 호검은 자기가 할 수 있다고 말했다.

"아! 그거요! I can do it!"

그러자, 마롱뿐만 아니라 식탁에 둘러앉은 모든 이들이 눈 이 휘둥그레져서 호검을 쳐다보았다. 그리고 동섭과 마롱이 동시에 소리쳤다.

"연두부 채썰기를 할 수 있다고요?"

"You can do it?"

"네! 그리고 혹시 원시더우파오가 닭 육수에 연두부를 실처럼 가늘게 채 썬 것과 야채를 가늘게 채 썬 것을 넣어 끓인 요리 아닌가요?"

동섭이 호검의 말을 영어로 통역해 주자, 마룽이 맞다는 듯 고개를 끄덕였다.

"맞죠? 그거 우리나라에서는 문사두부탕이라고 하는데요, 그것도 만들 수 있어요."

호검이 활짝 웃으며 자신 있게 대답하자, 마룽이 급관심을 보이며 질문을 쏟아냈다.

"칼 솜씨가 그 정도가 되신다고요? 아니, 중국 요리는 못하신다면서요? 어디서 배우신 거예요?"

또다시 동섭이 호검에게 재빨리 통역을 해주자, 호검은 동섭에게 대충 설명을 했다.

이미 동섭이 알다시피 자기가 한식 식당에서 일을 했었는데, 그때 칼질 연습을 했고, 하다 보니 연두부를 채 썰 정도의 실력이 되었다는 이야기를 말이다.

동섭은 호검의 이야기를 듣고 놀라워하며 다른 사람들에게 전달해 주었다. 그러자 갑자기 마룽이 자리에서 벌떡 일어나더니 믿을 수 없다는 듯 말했다.

"혼자 연습해서 그게 됐다고요? 혹시 연두부 집에 없어요? 확인을 해봐야 하는데!"

"아, 진정하세요. 하하하. 연두부 없어요."

동섭이 마롱을 자리에 다시 앉히며 말했다. 그런데 그때, 가정부 아주머니가 불쑥 끼어들어 말했다.

"끼어들어서 죄송한데요, 장관님. 마침 연두부가 있어요……."

가정부 아주머니도 호검의 연두부 채썰기가 궁금했던 모양이었다. 동섭도 사실 호검의 연두부 채썰기가 궁금했지만, 혹시라도 그가 못하게 되면 곤란해질까 봐 조금 주저했다.

"그, 그래요?"

가정부 아주머니는 당연히 한국말로 말해서 마롱과 마테라치는 무슨 말인지 못 알아들었기에, 동섭은 연두부가 있다고 말을 해야 하나 말아야 하나 순간적으로 고민에 빠졌다.

그러자 호검이 먼저 나서서 자신 있게 말했다.

"연두부 주세요! 궁금하시다니 연두부 채 써는 것 정도는 보여 드릴게요. 재료가 없어서 문사두부탕은 못 보여 드려도요."

"정말 잘할 수 있죠?"

동섭은 오히려 자기가 더 긴장한 듯 다른 두 대사의 눈치를 보며 호검에게 슬쩍 물었다.

"그럼요! 걱정 마세요. 아주머니, 연두부 주시겠어요?"

가정부 아주머니는 냉장고에서 연두부를 찾아 꺼내다 주었고, 호검은 자신이 가져온 가죽 칼 가방에서 중식도를 꺼내

들었다. 장관 부부와 대사 부부들은 호검의 도마 앞으로 모여 들었다.

"자, 할게요."

호검은 자신의 말이 끝나기가 무섭게 중식도를 다다다다 움직였고, 연두부를 채 썰어서 물에 담그는 시간까지 채 1분 도 걸리지 않았다.

"헉. 진짜네요!"

동섭이 입을 다물지 못했다. 마롱과 마테라치도 마찬가지였 다.

"와!"

그리고 마롱은 호검에게 눈독을 들이기 시작했다.

"셰프 강, 중국 요리 배워볼 생각 없어요? 그 정도 칼질 실력 이면 금방 배울 수 있을 텐데."

"아, 배워볼 계획입니다. 전 다양한 요리를 모두 섭렵해서 못하는 요리가 없는 세계 최고의 요리사가 되는 것이 꿈이거 든요."

"오! 정말요? 꿈이 정말 크군요! 근데 지금 어린 나이에 이 정도 실력이면 정말 가능할 지도 모르겠네요."

이번엔 동섭이 끼어들어 물었다. 동섭은 우리나라도 음식외 교를 할 필요가 있다고 느끼고 있던 참에 굉장한 인재를 발견 한 느낌이었다.

"강 셰프, 그럼 한식은 당연히 잘할 거고, 사찰 요리, 사찰 요리는 해 봤어요?"

"아, 저는 아직 그런 건 안 해봤습니다. 이태리 요리를 먼저 배우게 됐고, 다른 요리들은 앞으로 차근차근 하나씩 배워갈 예정이에요."

"그럼 사찰 요리부터 배우는 게 어때요?"

동섭은 마음이 급한지 대뜸 사찰 요리부터 배워보라고 권했다. 호검은 조금 난감했지만 웃으며 대답했다.

"물론 전 여러 가지 요리를 배우고 싶긴 합니다만, 사찰 요리는 스님들이 저보다 훨씬 잘 만드시지 않을까요?"

"강 셰프가 배우면 더 잘 만들 것 같은데……."

"아하하하. 감사합니다."

"근데, 사찰 요리는 나중에라도 배워봐요. 외국 사람들이 되게 관심 많다니까요. 아까 여기 대사님들 하시는 말씀 들었죠? 사찰 요리가 웰빙 요리라고 인기 좋아요. 그래서 사실 우리 외교부에서도 앞으로 사찰 요리를 어떻게 세계화시킬까 구상 중이기도 하거든요."

"아하……."

호검은 WCC세계요리월드컵에서 우승하는 것을 목표로 다양한 요리를 배우고자 하는 것이었기 때문에 사찰 요리에도 관심이 갔다. 외국에서 열리고, 외국인들이 심사 위원인 요리 대회이니, 사찰 요리를 선보여도 외국인들이 좋아할 것 같았다.

'외국인들은 좀 생소할 수도 있을 테니까, 사찰 요리 괜찮겠는데?'

호검이 이런 생각을 하고 있는데, 마테라치가 끼어들 틈을 보다가 얼른 말문을 열었다.

"혹시 강 셰프는 요리 대회 같은 거 나갈 생각 없어요?"

"요리 대회요? 뭐, 기회가 있다면 나가면 좋죠."

마테라치가 호검의 대답에 화색을 띠며 말을 이었다.

"이번에 우리 이탈리아 대사관에서 주최하는 이태리 요리 대회가 있거든요! 1달 후에요!"

마침 한국에서 이태리 파스타와 피자가 인기를 얻기 시작한 때였기에 이태리 요리에 관심이 생겨나고 있었다. 그래서 이참에 이태리에서도 음식외교를 강하게 밀고 나가려고 방법을 모색하다가 올해 대회를 열기로 확정이 나서 이미 공고도 한 상황이었다.

사실 이미 중국 요리 대회라든지, 일식 요리 대회는 많이 열리고 있었는데, 서양 요리 중에서도 이태리 요리로 대회를 여는 것은 한국에서는 최초의 일이었다.

"와, 그래요? 신청은 언제까지인가요?"

호검도 귀가 솔깃해져 마테라치에게 자세한 사항을 묻기 시작했고, 동섭이 영어로 동시통역을 해주었다.

"아직 신청 기한 남았어요. 우리 주한 이탈리아 대사관 홈페이지에 들어와서 공고 읽어보고 신청하면 돼요. 벌써 사람들 꽤 많이 신청했어요!"

"이태리 요리 대회라면, 코스 요리 구성을 다 만들어야 하나요?"

"네, 맞아요. 오늘 이런 식으로, 안티파스토, 프리모, 세콘도, 돌체 이렇게 네 가지요."

"그럼, 개인 참가는 아닐 텐데요?"

여러 가지 음식을 만들어야 하는 대회들은 보통 팀으로 참가 신청을 받았다. 호검도 그걸 알고 있었기에 마테라치에게 물은 것이다.

"아… 2인 1조로 팀 참가제인데……. 그럼 못 나오시나요……?"

마테라치가 서운한 목소리로 말했다.

"음, 전 개인 참가가 편하긴 한데……. 2인 1조라……."

호검이 2인 1조라는 말에 가장 먼저 떠오른 사람은 수정이었다.

'수정이랑 같이 나가자고 해볼까? 수정이는 요리 대회 나가 본 경험 있나? 만약에 수정이 안 된다고 하면… 그럼, 정국이? 정국이는 그래도 제과 제빵 배웠으니까, 돌체 만드는 데 도움

이 되긴 하겠지? 그냥 보조만 해달라고 할까…….'

호검이 고민하는 표정을 짓자, 마테라치가 투덜댔다.

"에이, 그냥 개인 참가로 대회를 짤 걸 그랬나……."

"뭐, 같이할 사람이 한두 명 있긴 한데……."

"그래요? 그럼 참가해요. 이거 1등 부상이 이탈리아 4박 5일 여행권과 이탈리아에서 미슐랭 스타 받은 레스토랑 여러 군데의 무료 시식권이에요. 미슐랭 스타 받은 레스토랑의 음식을 맛볼 수 있는 좋은 기회예요!"

"와, 정말 좋은 기회네요!"

호검은 부상에 구미가 당겼다.

'이건 수정이도 분명 좋아할 부상이야. 근데 그럼 둘이 여행을 가야 하는데……. 에이, 뭐 벌써부터 고민이야? 일단 나가고 보는 거지, 뭐. 그 뒤는 어떻게 되겠지.'

호검은 수정에게 한번 말이라도 해봐야겠다고 생각했다.

"우리도 중국 요리 대회 매년 하는데! 아직 중국 요리는 안 배웠다고 하니……."

마룽이 아쉬워하며 말했다. 이미 한국에는 중국 요리 대회를 개최하는 여러 단체들이 많기 때문에 중국 대사관에서는 자체적으로 대회를 주관하기보다는 후원하는 형식으로 중국 요리를 알리고 있었다.

"아하하. 언젠가 중국 요리도 배우고 나면 나갈 수도 있겠죠."

호검이 웃으며 말했고, 그때, 동섭이 호검에게 의견을 물었다.

"우린, 외국인들 대상으로 사찰 음식 대회를 열까? 음, 우선 외국인들한테 무료로 사찰 음식을 가르쳐 주는 프로그램을 만드는 게 나을라나? 강 셰프 생각은 어때요?"

동섭은 다른 대사들이 모두 자국 음식을 알리는 데 온 힘을 기울이고 있는 것 같자, 자기도 뭔가 생각이 많아지는 모양이었다.

"처음엔 가르쳐 주고, 좀 지나면 대회를 여시면 되지 않을까요?"

"그럼 되겠네요. 둘 중 고르지 말고 둘 다 하면 되네, 정말. 아하하."

동섭과 마룽, 마테라치는 오늘 저녁 식사 시간이 매우 마음에 든 눈치였다.

호검이 만들어준 음식도 물론 맛있었고, 셋이 함께 요리에 대한 이야기도 나누고, 외교에 대한 이야기도 나눌 수 있는 알찬 시간이었다고 생각했다.

호검 입장에서도 음식외교가 중요하다는 사실도 알게 되었고, 대사들과 장관에게 인정도 받았으며, 또 이태리 요리 대회가 있다는 좋은 정보도 얻었다.

모두에게 좋았던 저녁 식사 시간은 곧 마무리되었다. 외교부 장관인 동섭은 호검에게 굉장히 고마워했다.

"오늘 정말 수고 많았어요. 나중에 또 만날 일이 있을 것 같네요. 하하하. 그때도 꼭 시간 내주면 좋겠어요."

"네, 장관님. 저도 좋은 얘기 많이 들었습니다. 감사합니다."

호검은 모든 일을 마치고 기분 좋게 집으로 돌아왔다.

*   *   *

다음 날인 일요일 아침, 호검은 오랜만에 늦잠을 실컷 자고 있었는데 휴대폰 진동 소리에 잠이 깼다.

"아함. 누구야, 아침부터."

호검이 발신자를 확인해 보니 강 이사였다.

"아, 네. 강 이사님. 안녕하세요."

─외교부 장관님 만나셨다면서요?

강 이사가 다짜고짜 물었다. 그는 호검이 외교부 장관을 만난 일이 궁금해서 참을 수 없었던 모양이었다.

"네, 어제 장관님 댁에 갔다 왔어요."

호검은 강 이사에게 장관과 대사들이 자신의 요리를 굉장히 좋아했다는 이야기 정도만 말해주었다.

─오, 그럼 다음 주 저녁은 나도 그 메뉴로 해주세요, 강 셰프님!

"하하. 알겠습니다."

강 이사는 호검과 다음 주 약속을 잡고 전화를 끊었다. 호검이 전화를 끊고 잠을 더 청하려고 다시 이불 속으로 파고들었는데, 또다시 전화벨이 울렸다.

6. 떡잎부터 알아본다

"쳇. 뭐야. 잠 다 깨겠네. 또 누구야?"

호검이 침대 옆에 던져두었던 휴대폰을 다시 집어 들었다.

"어? 재석이 형이잖아? 아침부터 무슨 일이지?"

호검은 의외의 사람이 연락하자 궁금해하며 전화를 받았다.

"재석이 형! 오랜만이에요!"

―호검아, 잘 지냈어?

"네, 전 잘 지냈어요. 형은요?"

―나? 완전 바빠. 자꾸 애들이 일하다가 금방 나가 버려서

말이야. 지금 식당 오픈 전에 잠깐 짬이 나서 전화한 거야.

"아하."

호검은 재석의 말에 학수가 주방 직원을 모집 중이라는 민석의 말이 떠올랐다.

―그래서 전화한 건데, 너 중국 요리도 배워보고 싶다고 했었지?

"네! 물론이죠."

―여기 취직 안 할래? 넌 중식도도 잘 다루고 여기서 버틸수 있을 것 같은데……. 참, 근데 너 원래 다니는 직장 있다고 했었던가?

재석은 새로 들어오는 주방 보조들이 자꾸만 그만두고 나가서 진절머리가 난 모양이었다.

"음, 지금은 이태리 요리 학원 보조 강사로 있긴 한데요, 이제 중국 요리를 배울 때가 된 것 같기도 하고……."

―그래? 잘됐다! 너랑 같이 일하면 진짜 좋을 것 같아! 그리고, 넌 우리 사장님, 그러니까 천 셰프님의 테스트도 통과할것 같고 말이야.

"테스트요? 천 셰프님이 직접요?"

주방 말단 직원을 뽑는데 직접 테스트도 한다니, 호검이 놀라 되물었다. 사실 주방에 말단 직원으로 들어가면 거의 설거지와 재료 손질 정도 하는 거라 입사 테스트를 한다는 건 드문 일이었다.

　—일종의 면접이지. 근데 하도 애들이 얼마 못 버티고 그만
두다 보니까 면접이 테스트가 되어버렸……

　재석이 뭔가 더 말을 하려는데, 수화기 너머로 누군가가 재
석을 부르는 소리가 들렸다.

　—엇. 네! 가요! 호검아, 이따가 내가 다시 전화할게. 아, 우
리 조만간 한번 만나자. 전화로 설명하는 거보다 만나서 말하
는 게 낫지. 우리 얼굴 본 지도 꽤 됐잖아?

　"네, 형."

　—아무튼, 내가 다시 전화할게. 끊는다.

　호검은 전화를 끊고 다시 잠을 청하려고 눈을 감았지만,
2통의 전화를 받는 동안 잠이 다 달아나 버렸다. 그는 침대
에서 몇 분 뒹굴거리다가 하는 수 없다는 듯 침대에서 일어
나 앉았다. 시계를 보니 벌써 10시다.

　'에이, 잠 다 깼네.'

　꼬르륵.

　호검은 잠이 깨자 허기가 느껴졌다. 그는 이미 깼으니 아침
이나 먹으려고 주방으로 나왔다가 정국의 방에 잠시 들렀다.
호검이 정국의 방문을 빼꼼 열고 물었다.

　"정국아, 자냐? 나 아침 먹을 건데, 너도 먹을래?"

　"으음, 나 새벽에 잤어. 좀 더 잘 거야. 내 꺼 남겨놔."

"그래, 더 자."

호검은 다시 주방의 아일랜드 식탁 쪽으로 걸어갔다. 아까 얼핏 보기엔 식탁이 깨끗해 보였는데, 가까이 가서 보니 밀가루가 여기저기 흩뿌려져 있었다. 식탁뿐만 아니라 바닥에도 드문드문 밀가루가 보였다.

"밀가루가 왜 이렇게 많이 떨어져 있지?"

호검이 의아해하며 이쪽저쪽을 둘러보다가 식탁 맨 끝 쪽 구석에 놓인 여러 종류의 빵들을 발견했다.

'정국이가 빵 만들다가 이래놨나 보네? 웬 빵을 이렇게 많이 만들었대?'

호검이 고개를 갸웃거리며 떨어져 있는 밀가루들을 치웠다.

그러고는 가장 먼저 밥솥을 열어보았는데, 밥솥에는 밥이 별로 없었다. 그는 우선 밥부터 앉힌 뒤 냉장고를 열어보았다. 어제 외교부 장관 댁에 요리를 해주러 가면서 사 온 재료들이 조금 남아 있긴 했으나, 거의 대부분 채소들이었다.

'음, 뭘 해 먹을까?'

호검이 잠시 고민을 하고 있는데, 이번엔 초인종이 울렸다.

"오늘 아침부터 벨이란 벨은 다 울리네? 누구세요?"

호검이 후다닥 현관으로 뛰어나가 물었다.

"외교부 장관님 댁에서 왔습니다."

호검이 현관문을 열자, 밖에는 어제 차로 자신을 데려다주고 간 외교부 장관 댁 운전기사가 서 있었다.

"아, 안녕하세요."

"안녕하세요. 저 이거, 장관님이 가져다 드리라고 하셨습니다."

운전기사가 금색 보자기로 싸여 있는 물건을 두 개 건넸다.

"이게 뭐예요?"

"장관님이 어제 고마우셨다고 선물로 보내신 거예요. 풀어보시면 알 거예요. 그럼 전 이만 가보겠습니다. 안녕히 계세요."

"아, 네. 안녕히 가세요."

운전기사는 바쁜지 얼른 선물만 전해주고 사라졌다. 호검은 운전기사에게서 받은 금색 보자기에 싸인 선물 두 개를 가지고 들어와서 식탁에서 풀어보았다.

"우와! 이게 뭐야! 이건 한우고, 이건? 자연송이? 향 나는 거 좀 봐! 대박!"

호검은 아침이었지만 한우와 자연송이를 보자, 바로 구워 먹고 싶었다.

'아침이면 어때? 이런 건 신선할 때 바로바로 먹어줘야지!'

호검은 우선 고기와 함께 먹을 된장찌개를 끓이려고 냄비에 물을 담고 멸치를 몇 개 넣었다. 그리고 물이 끓는 사이에

동섭에게 전화를 걸어 감사 인사를 전했다.

호검은 콧노래를 부르며 애호박, 양파, 감자 등을 된장찌개에 썰어 넣었고, 된장찌개가 한소끔 끓자, 이제 한우와 송이버섯을 팬에 굽기 시작했다.

"으아, 군침 돈다! 이건 아무 짓도 안 하고 잘 굽기만 해도 맛있겠다!"

호검이 한우와 송이버섯을 신나게 굽고 있는데, 갑자기 정국이 나타났다.

"킁킁. 이게 무슨 냄새냐?"

"아, 깜짝이야! 너 더 잔다더니, 일어났어?"

호검이 뒤를 돌아보니 정국이 아직 잠이 덜 깨서 게슴츠레한 눈빛으로 호검을 쳐다보고 있었다.

"넌 이 냄새에 잠이 오겠냐? 아침부터 고기 굽고 난리네!"

"하하하. 이거 봐. 나 어제 외교부 장관님 댁에 요리해 주러 갔었잖아. 이거 장관님이 선물로 보내셨어. 한우랑 자연송이!"

"이야! 한우도 한우인데, 이거, 자연송이 진짜 비싼 거잖아! 나, 나도 먹어도 돼?"

"그럼! 당연하지. 음식은 같이 먹어야 더 맛있으니까."

"맛있겠다! 맛있겠어! 나 너네 집에 들어오길 잘한 거 같아. 하하하."

정국은 한우와 자연송이를 보고 흥분해서 행동이 빨라졌

다. 그는 얼른 대충 세수를 하고 나오더니 시키지 않아도 알아서 밑반찬도 꺼내고 밥도 펐다.

한우와 송이버섯이 다 구워지자, 호검은 종지에 참기름과 소금을 넣고 섞어서 식탁에 놓았다.

"자연송이는 이렇게 그냥 구워서 기름소금에만 살짝 찍어 먹어야 제일 맛있대. 향도 그대로 느낄 수 있고 말이야."

"아하. 너 자연송이 먹어봤어?"

"아니. 처음 먹어봐. 이거 비싸서 어떻게 먹어보겠냐? 이론만 빠삭하지. 오늘 실전 경험을 드디어 해보는구나! 하하하."

"나도, 나도!"

호검과 정국은 어느 때 아침보다도 더 열성적으로 밥을 먹기 시작했다.

"와, 이래서 한우, 한우 하는구나!"

"이야, 이래서 자연송이, 자연송이 하는 거지!"

둘은 감탄을 하면서 한우와 자연송이를 게 눈 감추듯 먹어 치웠다. 어느 정도 배가 불러오자, 호검이 식탁의 한쪽 구석에 놓인 빵을 가리키며 정국에게 물었다.

"근데 저건 뭐야?"

"아, 나 새벽에 잤다고 했잖아? 저거 만들어보느라고 그런 거야."

"아……. 근데 빵은 왜 새벽까지 만들었어?"

호검의 물음에 정국이 한숨을 푹 쉬며 말했다.

"후우. 내가 일하는 베이커리 카페에서 새로운 빵을 출시하려고 하는데 아이디어 좀 내 오라고 해서. 사장님이 뭔가 자기네만 파는 그런 빵을 만들고 싶은가 봐. 근데 내가 무슨 아이디어가 있어야 말이지."

"아, 그래? 음……"

호검이 생각하는 듯 눈을 굴리자, 정국이 금방 기대감에 차서 물었다.

"뭐, 무슨 좋은 아이디어 있어?"

"가만있어 봐. 생각 좀 해보고. 음……"

호검은 잠깐 생각을 하더니, 벌떡 자리에서 일어나 냉장고로 향했다.

"생각났어?"

"내가 해 먹어보진 않았는데, 바질페스토 데니쉬 어때?"

"바질페스토?"

"응, 이태리 요리에서 많이 쓰이는 허브인 바질로 만든 소스 같은 건데, 이거로 파스타도 버무려 먹고, 빵에도 발라 먹거든. 베이커리에서는 바질페스토를 아예 넣어서 만든 빵은 안 팔던데, 어때?"

"그게 무슨 맛인지를 내가 몰라서, 잘 모르겠다."

"잠깐만. 마침 바질 있으니까 내가 지금 후딱 만들어볼게."

호검은 냉장고에서 바질, 잣, 파르미지아노 레지아노 치즈, 올리브 오일, 마늘을 꺼냈다. 그리고 이 모든 것을 함께 갈아서 바질페스토를 만들었다. 그리고 마지막에 맛을 살짝 보더니 소금과 후추를 조금 넣어 간을 맞췄다.

"자, 찍어 먹어봐."

호검이 완성된 바질페스토를 정국에게 내밀었다. 정국은 손가락으로 바질페스토를 푹 찍어 맛을 보았고, 만족스러운 듯 말했다.

"오, 이거 맛 괜찮은데?"

"그치? 이거 좋아하는 사람들 많아. 음, 그리고⋯⋯."

호검은 냉장고에서 정국이 빵을 만들 때 넣고 남은 얇은 샌드위치용 햄을 꺼냈다. 그러고는 정국이 만들어놓은 빵들 중에서 데니쉬 빵을 두 개 들고 왔다.

"봐, 이렇게⋯⋯."

호검은 정국이 만들어 놓은 데니쉬의 치즈와 야채가 조금 들어가 있는 가운데 부분을 쏙 빼내고 빵만 남겼다. 그는 빵만 남은 데니쉬의 안쪽 면에 바질페스토를 적당히 바르고, 햄을 조금 잘라 넣어 정국에게 내밀었다.

"먹어봐."

호검은 자기도 하나 더 만들어서 입에 넣었다. 정국은 맛을 음미하며 빵을 오물오물 천천히 씹어보더니 눈이 커지며 말했다.

"야, 이거 데니쉬랑 잘 어울린다! 이거 맛있어. 좋아!"

"그치? 이거 생각대로 맛있다."

"그래, 이거 아예 데니쉬 반죽에 발라서 구워봐야겠어! 그럼 훨씬 더 맛있을 거야! 호검아, 고맙다! 역시, 넌 천재 요리사야! 하하하!"

정국은 기분이 좋아져서 오버하며 호검을 칭찬했다. 그리고 이미 밥은 다 먹었겠다, 곧바로 식탁을 치우고 데니쉬를 만들기 위해 준비를 하기 시작했다.

*   *   *

다음 날, 호검이 학원에 출근해 보니 수정이 실습실 냉장고에서 무언가를 찾고 있었다.

"뭐 찾아?"

"아, 왔구나? 프로슈토가 남아 있나 찾고 있었어. 근데 없는 거 같네. 내일 가서 사 와야겠다."

수정은 냉장고 문을 닫고 종이에 볼펜으로 프로슈토라고 적었다. 호검은 수정의 옆에서 슬쩍 그녀의 눈치를 보고 서 있었다.

"왜? 무슨 할 말 있어?"

수정이 호검이 무슨 할 말이 있는 것 같아 보이자, 그를 쳐다보며 물었다.

"음, 혹시 말이야."

수정은 호검이 무슨 말을 하려고 이렇게 뜸을 들이나 싶었다.

그리고 얼마 전 수정이 다른 남자 보조 강사랑 일하는 게 싫을 것 같다는 호검의 말이 생각나서 왠지 모를 기대감이 피어올랐다.

"어. 뭔데? 편하게 말해도 돼. 뭔데 그래?"

"혹시 나랑 이태리 요리 대회 안 나갈래?"

수정이 예상한 질문은 아니었지만, 이 질문도 그녀에겐 나쁘지 않았다. 호검과 함께 요리 대회에 나간다면 그와 더 친해질 수 있을 테니까.

"이태리 요리 대회? 그런 게 있었어?"

"응. 주한 이탈리아 대사관에서 주관하는 건데, 1달 뒤쯤 있다나 봐. 나도 나가보고 싶은데, 그게 2인 1조라고 해서. 내가 같이 나가자고 부탁할 만한 사람이 너밖에 없네?"

"호호호. 정말?"

수정은 '너밖에 없다'는 말에 활짝 웃었다. 그리고 자세한 건 묻지도 않고 곧바로 대답했다.

"좋아. 경험도 되고 좋을 것 같으니까. 대신 난 너만 믿을게."

호검은 수정이 이렇게 금방 승낙할 줄은 몰랐는데, 바로 하겠다고 하니 기분이 좋았다. 게다가 '너만 믿을게'라니.

"그래, 고마워. 나만 믿어! 하하하."

호검이 엄지로 자신을 가리키며 남자답게 말했다. 둘은 뭔가 야릇한 분위기에 서로를 바라보며 어색하게 웃었다.

＊　　　＊　　　＊

그날 저녁, 호검은 학원 일을 마치고 집으로 가지 않고 바로 어느 호프집으로 향했다. 그가 호프집으로 들어서자, 재석이 그를 향해 손을 흔들었다.

"호검아, 여기!"

어젯밤 재석에게서 다시 연락이 와서 오늘 저녁 약속을 잡았던 것이다.

"어, 형! 오랜만이에요."

호검은 재석에게 다가가서 악수를 했고, 둘은 곧 음식과 맥주를 주문했다.

그들은 일단 서로의 근황을 물었고, 맥주와 안주가 나오자 본론으로 들어갔다.

"형, 그래서 그 테스트라는 게 뭔데요?"

"그게 말이지, 나 때는 그런 거 없었거든? 난 그냥 면접식으로 질문이랑 답 좀 하고 그냥 들어갔는데… 아무것도 못 해도 어차피 다 배우면서 하는 거라서 말이야."

"맞아요. 저도 아무것도 모르는 상태로 들어가서 다 배웠었는데."

호검이 자신이 중학생 시절 〈오대보쌈〉에 주방 막내로 들어갔을 때를 떠올리며 말했다.

"근데, 애들이 하도 금방 그만두니까, 사장님도 특단의 조치를 취한 거지. 좀 유난스럽다는 생각이 들 때도 있긴 하지만 말이야."

호검은 일을 금방 그만둔다는 말에, 〈아린〉에서 일하는 게 그렇게 힘이든가 싶어 살짝 두려움이 앞섰지만, 이미 보쌈집에서 한번 경험해 본 일이고, 어느 정도 요리에 대한 지식이 쌓여 있으니 그리 힘들지는 않을 거라 생각했다.

"아무튼, 그래서 천 셰프님이 신입 뽑을 때 하는 테스트가 뭐냐면, 첫 번째로, 체력 테스트를 해."

"첫 번째요? 그럼 테스트가 한 개가 아니에요? 헉."

호검은 체력 테스트라는 말보다 첫 번째라는 말에 흠칫 놀라 말했다.

*　　*　　*

재석이 맥주를 원샷하더니 말을 이었다.

"카아. 으음. 그렇지. 다른 게 또 더 있어. 일단 체력 테스트에 관해서 먼저 알려줄게. 이건 뭐, 우리가 하는 일이 하루에 기본 10시간 이상은 힘쓰는 일이니까 나도 필요하다고 생각하는 바야. 너도 알다시피 요리사가 원래 중노동이잖아?"

"맞아요. 쉴 새 없이 팔을 움직여야 하니까요. 그리고 불 앞에서 계속 일하는 게 정말 기진맥진해지는 일기기도 하죠. 특히 중식은 웍 자체도 무거우니까……."

"맞아. 중식은 그 크고 무거운 웍을 흔들면서 요리를 해야 하니까 팔 힘이 엄청 들지. 그래서 나도 팔 운동을 열심히 해서 이렇게 됐잖아."

재석이 들고 있던 맥주잔을 내려놓고 양팔에 힘을 주어 알통을 자랑하며 말했다.

겨울이라 두꺼운 니트를 입고 있었는데도 그의 알통은 워낙 우람해서 아주 잘 드러나 보였다.

"어? 그럼 천 사장님이 나 뽑을 때 내 알통도 좀 보고 뽑으신 건가? 하핫."

재석이 싱거운 농담을 던졌고, 호검은 재석을 따라 웃었다.

"정말 그럴 수도 있겠네요. 하하하. 근데 사실 막내는 들어가서 웍 한번 잡아보려면 한참 걸리잖아요."

"그렇지. 나는 원래 다른 중국 음식점에서 일하다가 이직한 거라서 빨리 웍을 잡게 된 거고. 근데, 그래도 재료 손질하는 걸 반복적으로 해야 하니까 막내도 팔이 엄청 아프지. 설거지도 해야 하고 말이야. 중식당에서 가장 많이 다듬는 재료가 뭔지 알아?"

"음, 양파 아니에요?"

호검은 얼마 생각하지도 않고 금방 답했다. 중국집에서 가장 잘 팔리는 기본 메뉴가 자장면과 짬뽕일 텐데 거기에 가장 많이 든 것이 바로 양파였으니까 말이다. 그 외에도 대부분 양파는 기본으로 들어가니까 말이다.

"오, 맞았어. 양파랑 파야. 처음엔 진짜 하루 종일 쪼그려 앉아서 눈물, 콧물 흘리면서 그거 까고, 다지고 한다니까. 아, 이거도 테스트 중 하난데, 인내력 테스트. 이게 두 번째 테스트야."

"아……."

호검이 고개를 끄덕였다. 원래 주방에 막내로 들어오면 가장 먼저 하는 일이니까 미리 테스트를 해보려는 게 이해가 갔다.

"양파랑 파 한 대야씩을 가득 주고 까고 다듬고 네모나게 다지는 거까지 하는 거지. 이거 하다가 보통 중간에 절반은 나가더라고. 힘들다고. 쪼그려 앉아 있는 것도 힘들고, 팔을 계속 움직이는 것도 힘들고, 눈 매워서 눈물 콧물 줄줄 나오는 거도 힘들고 말이야. 근데 이게 일상이니 미리 테스트해 봐야지 어쩌겠어?"

"그렇겠네요."

호검이 고개를 끄덕였다.

"그럼 체력 테스트는 뭐예요?"

"아까 말했듯이 웍이 무겁잖아? 웍에 물을 절반 담아서 10분 동안 돌리는 거야. 이거 말이 10분이지 계속 돌리고 있으면 진짜 팔 아프거든. 나야 뭐 워낙 단련이 돼서 괜찮지만 말이야."

"팔 힘이 중요한 건 알겠는데, 막내는 웍을 다루진 않잖아요?"

호검이 의아한 듯 물었다. 그러자 재석도 고개를 살짝 갸웃거리며 대답했다.

"그게 나도 좀 의문이야, 사실. 내 추측으로는 천 사장님이 처음부터 체력이 타고난 사람을 뽑고 싶어 하는 것 같아. 막내로 들어온 애들이 금방 그만두고 나가는 게 반복되니까 짜증이 나서서 그런 건지도 모르겠는데, 뭔가 키울 만한 인재를 찾고 있는 것 같기도 하고…… 아, 이건 비밀인데 말이야……."

"네? 뭔데요?"

호검은 비밀이라는 말에 귀가 솔깃해져서 얼른 재석에게로 귀를 가까이 가져갔다. 재석은 슬쩍 주변 눈치를 보더니 호검의 귓가에 대고 낮은 목소리로 말했다.

"우리 중식당에 천 셰프님 수제자가 한 명 있다고 저번에 말했었잖아?"

"네. 그 수제자도 무슨 테스트해서 뽑는다면서요?"

"응, 맞아. 근데 그건 요리 만드는 테스트지, 거의. 아무튼, 근데 그 수제자랑 요즘 사이가 좀 안 좋으신 것 같더라고. 눈치가 말이야."

"아, 그래요?"

수제자와 사이가 안 좋아서 수제자를 새로 키우려는 것일까? 호검은 점점 중식당 〈아린〉과 천 셰프의 이야기가 궁금해져만 갔다.

"그럼 식당 내에 소문이 퍼진 거예요?"

"다들 눈치로는 아는 것 같은데, 쉬쉬하고 있지. 근데 일부 요리사들은 천 사장님이 곧 수제자를 뽑는 테스트를 또 하지 않을까 하고 요리 연습을 열심히 하는 것 같더라고."

"아. 지금 유일한 수제자와 사이가 안 좋으니까 새로 수제자를 뽑을지도 모른다는 거죠?"

"응. 맞아. 음음, 나도 사실 그 정도 실력은 안 되겠지만, 연습은 조금씩 하고 있어. 하하."

"에이, 형님도 실력 좋으시잖아요!"

"아냐, 난 뭐……."

재석은 손사래를 쳤지만 호검의 칭찬에 내심 기분이 좋은 듯 미소를 지었다.

"아, 그리고 참. 물 담긴 웍 흔들기랑 양파와 파 손질해서 다지기 말고 마지막 테스트가 하나 더 있어."

호검은 침을 꼴깍 삼키더니 궁금한 눈빛으로 재석을 뚫어져라 쳐다보았다. 이윽고 재석이 말을 이었다.

"따라 하기 테스트. 천 사장님 스킬을 한 번 보고 따라 하는 거."

"네에? 아니, 그런 걸 어떻게 신입이 따라 해요?"

"물론, 그 스킬을 완벽히 해내야만 뽑으시는 건 아니겠지. 천 셰프님 같은 실력이면 여기 말단 직원으로 들어오겠어? 식당을 바로 차렸겠지. 그냥 한 번 보고 얼마나 비슷하게 따라 할 수 있는지, 눈썰미와 손재주를 보시려는 것 같아. 내 생각엔 말이야."

"음, 그럴 수 있겠네요."

호검은 재석의 생각에 동의하면서 이 정도 테스트까지 한다는 것은 정말 수제자로 들일 만한 사람을 찾고 있는 것은 아닐까 하는 더 강한 의심이 들었다.

"근데 그럼 테스트하는 스킬은 뭐예요?"

"그게 그때그때 달라. 천 사장님이 맨날 다르게 테스트 하신다고 하더라고. 따라 하기 테스트는 셰프님 혼자 따로 쓰는 조용한 주방에서 하거든. 근데 거기까지 올라간 사람이 별로 없었어. 최근에 두어 명 있었던가?"

"음, 아린에 들어가기도 쉽지 않겠네요. 그냥 주방 막내인데도 말이에요."

"내 말이. 요즘 좀 천 사장님이 오버하시는 것 같긴 한데, 또 그게 소문이 좀 나기 시작했는지 완전 중국 요리를 처음 하는 사람들 말고 그래도 주방 경력 좀 있는 사람들이 오기 시작했어. 최근에 따라 하기 테스트까지 갔다는 그 사람들도 주방 경력이 있는 사람들이었어."

"그래서 그 사람들은 어떻게 됐어요? 뽑혔어요?"

호검이 궁금해 못 참겠다는 듯 재석에게 재빨리 물었다.

"한 사람은 뽑혔고, 한 사람은 탈락했는데, 그 뽑힌 사람도 1달이 채 안 돼서 그만뒀어. 그러니 이렇게 또 뽑으려고 하는 거고. 나 바로 밑에 후배 하나가 있는데, 걔가 지금 막내가 할 일을 다 맡고 있어서, 난 또 걔 일을 맡아야 하고, 아주 죽겠어. 그래서 내가 그 테스트를 통과할 만한 사람이 누가 있을까 하다가 네 생각이 번뜩 떠오른 거지."

"제가요? 아, 저도 쉽지 않겠는데요……?"

호검이 조금 자신 없는 말투로 얘기하자 재석이 단호하게 말했다.

"아냐, 넌 해낼 거야. 내 느낌에 말이야, 넌 다른 요리사들과는 다른 뭔가 그런 게 있거든. 감각적인 뭔가 그런 거! 게다가 넌 칼질도 잘하잖아!"

재석은 진심으로 하는 말 같았다. 호검은 그의 말에 빙긋 웃고는 안주로 나온 새우튀김 하나를 입에 집어넣었다. 재석도 호검을 따라 새우튀김 하나를 입에 넣고 우물우물 씹어 먹더니 한마디 했다.

"아, 이건 좀 느끼하다. 안에 든 새우도 작고. 우리 〈아린〉에서 파는 깐쇼새우가 맛있는데. 통통하고 실한 새우로 튀겨서 새콤달콤한 소스로 버무려서 먹으면 진짜 기가 막힌데 말이지. 우리 가끔 일 끝나고 맥주 한잔할 때 내 바로 위 선배가 만들어 주거든. 그 선배 전공이야, 깐쇼새우가. 아, 먹고 싶다."

재석이 입맛을 다시며 말했다.

"중국 요리도 맛있는 거 정말 많죠. 워낙 땅이 넓어서 음식 종류가 다양하기도 하고요."

"응. 특히 볶고 튀기고 그런 음식들이 많은데, 그걸 안 느끼하게 잘 만드는 게 실력이지. 참, 너 이태리 요리는 이제 다 배운 거야?"

"네. 거의요."

"언제부터 배웠는데?"

"한 5~6개월 됐어요."

"뭐야, 5~6개월 만에 이태리 요리를 다 배웠다고? 그게 말이 돼? 그거 봐. 넌 엄청난 뭔가가 있다니까!"

재석은 또 흥분하면서 대단하다는 투로 말했다.

"아니에요, 기본적인 것들만 배워서 그런 거예요."

호검은 사실 이태리 요리를 거의 마스터한 상태였지만, 재석이 너무 자신을 과대평가하는 것 같아 부담스러워서 기본적인 것들만 배웠다고 대충 둘러댔다.

"아하. 어쨌든 잘됐네. 이태리 요리도 거의 다 배웠겠다, 우리 식당으로 와라, 응?"

재석은 자신이 힘들어서 막내를 빨리 뽑고 싶기도 했지만, 호검에게 호감이 있어서 같이 일하면 좋을 것 같아서이기도 했다. 또한 그의 실력을 믿기도 했고.

"근데 지원하기 전에 연습을 막 해야 하는 거 아닌가 몰라요. 팔 힘 좀 길러서 가야겠고, 양파도 좀 까보고요."

"연습은 하고 오면 좋겠지, 아무래도? 그래도 혹시 다른 사람이 뽑히기 전에 너 빨리 오면 좋겠다."

"알았어요, 형."

호검과 재석은 그 후로도 이런저런 요리 이야기를 나누었고, 11시가 넘어서야 헤어졌다.

호검은 지하철을 타고 집으로 향했고, 12시가 거의 다 되어서야 집에 도착했다. 그가 현관문을 열쇠로 따고 들어갔는데,

갑자기 정국이 소리를 지르며 달려 나왔다.

"와! 호검아! 왜 이제 와?"

정국은 다짜고짜 호검을 와락 부둥켜안았다.

"고맙다, 친구야! 내가 진짜 친구 하나 잘 뒀지! 암, 그렇고 말고!"

"야, 왜, 왜 그래? 징그럽게. 이거 좀 놔봐. 술은 내가 마셨는데, 왜 취한 건 너 같냐?"

호검이 정국을 밀쳐냈고, 정국은 호검에게서 떨어지며 실실 웃었다. 그리고 자신이 호검에게 고마워한 이유를 알려줬다.

"으흐흐흐. 나 네 덕에 월급 인상됐다!"

"응? 내 덕에?"

"네가 알려준 그 바질페스토 데니쉬 말이야! 사장도 좋아했고, 오늘 바로 시식 들어가면서 팔았는데, 완전 인기 좋았어! 사장이 그거 신메뉴로 출시할 거라면서, 내 월급 올려주겠대! 으하하하!"

"와! 축하한다! 잘됐네, 정말!"

"고마워, 다 네 덕분이야! 하하하!"

정국은 정말 기분이 좋은지 말을 끝맺을 때마다 웃음이 연달아 터져 나왔다. 아니, 계속 웃고 있는 중간중간 말을 하는 것인지도 몰랐다.

호검도 정국이 좋아하고, 잘돼서 기뻤다. 호검은 정국을 축하해 주기 위해 간단히 맥주를 한잔 더 하고 잠자리에 들었다.

자려고 누운 호검은 잠시 앞으로 어찌해야 할지 생각해 보았다.

'음, 이태리 코스 요리 수업도 이제 끝났고, 민석 아저씨도 〈아린〉에 들어가라고 하시니 조만간 말씀드리고, 〈아린〉에 테스트 보러 가면 되겠지? 아, 빨리 말씀드려야 새로 보조 강사를 뽑으시겠구나. 내일 당장 말씀드려야겠다.'

호검은 이제 이태리 요리도 거의 다 배웠으니, 〈아린〉에 들어가기로 마음을 굳혔다. 어쩌면 이번에 천 셰프가 테스트로 주방 막내를 뽑는 게 호검에게는 기회일지도 몰랐다.

'처음부터 잘해서 천 셰프의 눈에 든다면 비밀 레시피도 알 수 있지 않을까? 수제자가 될 수 있을지도 모르고.'

호검은 벌써부터 기대에 부풀었다.

'아, 아니지. 그냥 열심히 해봐야지. 너무 김칫국 마시면 안 돼.'

호검은 스스로 마음을 차분히 다스렸다. 그리고 이제 잠을 청하려는데, 문득 이태리 요리 대회가 생각났다.

'아 참, 이태리 요리 대회 신청해야 하는데……?'

이태리 요리 대회는 이번 주까지 신청을 받았다.

'내일 수정이랑 다시 한번 얘기해서 함께 신청서를 작성해야겠어. 수정이… 수정이는 뭐 하고 있을까? 밤이 늦었으니 자고 있겠지……? 보조 강사를 남자로 뽑으면 어떡하지?'

호검은 수정에 대해 이런저런 잡생각들을 하다가 어느 순간 곯아떨어졌다.

다음 날 아침.

호검은 쿠치나투라 요리 학원에 도착하자마자, 사무실로 뛰어 들어가며 수정을 찾았다.

"안녕하세요! 수정아! 아니, 차 강사님!"

그런데 사무실에는 아무도 없었다. 고 셰프는 아직 오지 않은 것 같았고, 민석은 온 흔적은 있는데 보이지 않았다. 그리고 수정도 없었다.

"잉? 다들 어디 갔지?"

호검은 4층 사무실에서 아래로 내려오면서 3층 피자 실습실과 2층 파스타 실습실 문을 차례로 열어보았다.

"수정아!"

"수정아! 원장님!"

그런데 어디에도 수정의 모습이 보이지 않았다.

'지금 9시 다 됐는데……. 수정이가 이렇게 늦을 리가 없는데. 무슨 일이 있나?'

호검은 조금 불안해하며 수정에게 전화를 걸었다.

*　　　*　　　*

뚜— 뚜—

"뭐야, 전화도 안 받네? 무슨 일 있나……."

호검의 안색이 어두워졌다. 그는 걱정스러운 표정으로 한차례 더 수정에게 전화를 걸어보았으나 역시 전화를 받지 않았다.

그때, 민석이 나타났다. 그는 파스타 실습실 문 앞에서 휴대폰을 든 채 안절부절못하고 서 있는 호검을 보고 물었다.

"호검아! 거기서 뭐 해?"

"엇. 원장님! 어디 갔다 오셨어요?"

"어? 나 화장실. 참, 수정이 오늘 아파서 못 온다니까, 네가 오늘은 수정이 몫까지 잘해줘야겠다."

"네? 수정이 아프대요? 어디가요?"

호검이 화들짝 놀라서 물었다.

"감기몸살인가 봐. 수정이가 결근할 정도면 진짜 아프다는 건데, 걱정이네⋯⋯."

민석도 걱정스러운 표정으로 말했다.

"제가 방금 전화했었는데 안 받더라고요. 진짜 많이 아픈가 봐요. 하아⋯⋯."

호검은 수정이 걱정되어 한숨이 절로 나왔다. 그는 수정에게 병문안을 가야 하나 고민이 되었다.

"아무튼, 넌 오늘 혼자 재료 준비 해야 할 것 같다. 수정이 없어도 잘할 수 있지?"

"네⋯⋯."

호검이 시무룩하게 대답했다. 민석은 호검이 침울해하는 것 같자, 다른 이야기로 화제를 돌렸다.

"참, 호검아. 너 학수네 식당 들어갈 거야?"

"음, 지원은 한번 해보려고요. 그래서⋯⋯."

"그럼, 보조 강사 새로 뽑을 준비 해야겠네?"

"네, 죄송해요."

"뭐가 죄송해? 이미 너 처음 들어올 때부터 알고 있던 일인데. 보조 강사는 걱정 마. 내가 봐둔 애가 있거든."

"남자인가요?"

호검이 남자인지 여자인지가 중요하다는 듯 물었다. 그러자 민석이 피식 웃더니 말했다.

"여자야. 너도 아는 애. 이탈리아 코스 요리 수업 다닌 윤송이 알지? 내가 살짝 떠봤었는데, 관심 있어 하더라고."

"아하. 다행이네요."

호검이 안심해서 말하자, 민석이 호검을 놀리듯 물었다.

"뭐가 다행이야? 남자가 아닌 게?"

"으음. 그게 아니고… 저 대신 일할 보조 강사가 있다는 게……"

"그래, 그건 걱정 말고 언제까지 일할 수 있는지만 알려줘. 이따 수정이한테 안부 전화 다시 해보고."

"아, 네."

호검은 수정 없이 혼자 재료 준비를 하기 시작했다. 그런데 자꾸 수정이가 걱정되고, 일이 손에 잘 잡히지 않았다.

'아, 수정이 괜찮은가……? 안 되겠다!'

*　　　　*　　　　*

호검은 점심시간에 되자, 민석과 고 셰프가 먹을 점심만 차려주고 후다닥 학원을 나섰다.

"점심 안 먹고 어디 가게?"

"아, 집에 좀 잠깐 다녀올게요. 급히 가져올 게 있어서요."

호검은 집으로 가서 외교부 장관에게서 받은 한우와 자연송이, 그리고 큰 보온병을 챙겼다.

그리고 그날 학원 일이 끝나자마자, 파스타 실습실 한쪽에서 수정에게 가져다줄 죽을 끓일 준비를 했다. 호검은 시간이 별로 없어 쌀을 볶지 않고 밥으로 죽을 끓이기로 했다.

호검은 한우의 핏물을 뺀 후, 잘게 다져서 참기름에 살살 볶다가, 다져놓은 당근, 양파, 애호박, 그리고 잘게 다진 자연송이버섯도 함께 넣어 볶았다.

치이익—

한우에, 자연송이까지 넣어 볶으니 향긋하고 맛있는 냄새가 진동했다.

'마침 이렇게 좋은 재료가 있어서 다행이야!'

채소와 한우가 잘 볶아지자, 호검은 물을 붓고 밥을 넣어 뭉근히 끓여주었다. 죽이 거의 다 끓었을 때, 민석이 퇴근하다가 파스타 실습실에 들렀다.

"호검아. 퇴근 안 하고 여태 여기서 뭐하고 있어?"

"아, 죽 끓였어요."

"아하, 수정이 가져다주려는 거지?"

"네……."

"나중에 결혼하면 사랑받겠어! 허허허. 근데 무슨 죽인데 이렇게 냄새가 좋아? 송이버섯죽인가?"

민석이 호검에게 다가와 한껏 숨을 들이마시며 물었다.

"네. 맞아요. 송이버섯죽. 마침 누가 자연송이버섯을 선물해주셔서 집에 있었거든요."

"그럼 아까 점심때 집에 갔다 온다더니 이거 가지러 갔다온 거야? 이야, 수정이는 좋겠네."

"그냥, 친구가 아프다니까… 그리고 마침 재료가 집에 있어서……. 아, 맛 좀 봐주실래요?"

호검이 민망해서 핑계를 대다가 얼른 민석에게 맛을 봐달라고 숟가락을 건넸다. 민석이 숟가락으로 죽을 조금 떠서 맛을보더니 감탄하며 외쳤다.

"기가 막힌데? 이거 먹으면 죽었던 사람도 벌떡 일어나겠다. 하하. 와, 이거 재료가 좋아서 그런 거야, 요리사가 좋아서 그런 거야? 아, 둘 다인가? 어쨌든 정말 맛있어! 간도 딱 맞고!"

"감사합니다. 음, 좀 더 드릴까요?"

"아냐, 얼른 수정이나 갖다 줘. 난 나중에 아플 때 한번 얻어먹어야지. 난 먼저 간다. 수정이 잘 가져다줘."

민석은 호검에게 손을 흔들며 파스타 실습실을 나갔다. 호검은 얼른 큰 보온병에 완성된 송이버섯죽을 담았다.

호검은 보온병을 들고 수정의 집으로 향했다. 그녀의 집은단독주택가에 위치해 있어서 근처 버스 정류장에서 내려 10분 정도 걸어가야 했다. 호검은 그 길을 걸어가면서 이걸 어떻게 전해줘야 할까 고민했다.

'전화해서 잠깐 나오라고 해야 하나? 아픈데 못 나오려나? 그럼 초인종 누르고 그냥 죽만 건네주고 올까? 이런 걸 해본 적이 있어야 말이지……'

고민하는 사이 호검은 금세 수정이 사는 단독주택 대문 앞에 당도했다. 호검은 잠시 생각하다가 수정에게 일단 전화를 걸었다.

이번엔 수정이 힘없는 목소리로 전화를 받았다.

—여보세요.

"수정아, 나 호검이. 몸살 났다며? 몸은 좀 어때?"

—약 먹어서 좀 괜찮아. 아, 아까 아침에 전화했었지? 다시 전화 준다는 게 정신이 없어서 못 했어. 미안.

"괜찮아. 아프니까 신경 쓸 겨를이 없지. 근데 너 잠깐 나오긴 힘들지?"

—병문안 같은 건 안 와도 돼. 그냥 감기몸살인데 뭐.

"음, 그럼 일하는 아주머니나 기사님 지금 계셔?"

—응. 아주머니 계셔. 그건 왜?

"내가 너네 집 대문 앞에 죽 놓고 갈 테니까, 그거 가져다 달라고 해."

—뭐? 너 지금 우리 집 앞이야?

"아니. 가져다 놓고 집에 가는 중. 이거 다른 사람이 가져가기 전에 얼른 가지고 가. 내가 끓인 죽이니까 먹고 얼른 나아."

호검은 그 말을 함과 동시에 재빨리 보온병을 수정의 집 대문 앞에 놓고 다시 버스 정류장으로 걸어가기 시작했다. 괜히 집 앞에 와 있다고 하면 아픈 수정이 미안해서 억지로 나와보려고 할까 봐 그런 것이다.

—고마워……. 잘 먹을게.

수정은 감동해서 조금 울먹이는 목소리로 말했다.

"그래. 그럼 내일 보자. 약 잘 챙겨 먹고."

호검은 전화를 끊고 걸음을 멈췄다. 그는 수정의 집에서 조금 떨어진 곳에 서서 수정의 대문 앞을 지켜보다가 누군가 나와서 보온병을 가지고 들어가는 것을 확인한 후 집으로 돌아왔다.

수정은 호검에게서 받은 죽이 담긴 보온병을 조심스럽게 열어보았다. 보온병을 열자마자 향긋한 냄새와 함께 김이 모락모락 피어 나왔다.

"와……. 뭘 이렇게 많이 넣었대……."

수정은 몸이 아픈 와중에도 입가에 피어나는 미소를 숨길 수가 없었다. 그녀는 감기 기운 때문에 밥맛이 없었는데, 호검이 가져다준 죽을 보자마자 입맛이 돌았다. 수정은 얼른 아주머니에게 그릇과 수저를 달라고 해서 죽을 한술 떠먹어보았다.

"역시, 너무 맛있어!"

그녀는 활짝 웃었는데, 눈에 살짝 눈물이 고였다.

"눈물 나게 맛있어……."

송이버섯죽 자체도 정말 맛있었지만, 그보다도 수정은 자신을 위해 이렇게 죽을 만들어 가져온 호검이 고마웠다.

그녀는 호검을 생각하며 죽 한 그릇을 다 비웠고, 죽을 먹는 내내 마음속에도 포만감이 차오르는 것을 느꼈다.

호검은 집으로 돌아와서 정국과 저녁을 먹은 후, 천학수와 중식당 〈아린〉에 대한 정보를 좀 알아보려고 컴퓨터를 켰다.

'천 셰프님이 나온 프로그램이 있긴 있을 텐데……. 〈아린〉에 대한 기사도 있을 거고.'

호검은 천학수의 기사가 있는지 검색해 보았다.

"손님들 입소문 타고 맛집으로, 천학수 셰프의 중식당 〈아린〉…… 중식당 맛집 5선 중식당 〈아린〉……. 음, 최근 기사는 없네?"

호검은 이것저것 기사들을 찾아보다가 천학수 셰프의 과거 인터뷰를 하나 발견했다.

[〈아린〉의 오너셰프, 천학수 셰프를 만나다]

—언제부터 중식을 배우셨나요?

—어릴 때 부모님이 작은 중국음식점을 하셨어요. 아버지가 수타로 면을 만드셨는데, 전 그게 너무 재미있어 보였던 거죠. 그래서 막 흉내를 냈대요. 그게 아마 7살 때였던 것 같아요.

—와, 그럼 7살 때부터 중식을 배우신 건가요?

—어릴 때는 그냥 흉내만 내고 정식으로 배운 건 아니었고요, 중학교 때부터 아버지께 정식으로 배웠는데, 문제는 고등학교 가서 제가 배운 게 중식의 아주 일부분일 뿐이라는 걸 알게 되었죠. 그래서 중국으로 요리를 배우러 무작정 떠났습니다.

—중국 요리에 대한 열정이 굉장히 많으신데요, 중국 요리의 어떤 점이 좋으셨나요?

—일단 처음엔 멋있어 보였어요. 큰 웍을 막 흔들면서 불도 막 내고 말이죠. 그리고 수타면을 만드는 건 무슨 마술을 보는 것 같았죠. 굵은 밀가루 덩어리가 두 갈래, 네 갈래로 가늘어지면서 결국엔 엄청 많은 국수 다발이 되잖아요. 그게 요술이지 뭐겠어요? 근데 배우다 보니 그런 것들보다도 손이 많이 가는 요리라서 좋은 것 같아요.

—손이 많이 가는 요리요? 그게 좋은 점인가요?

—좀 이상하게 들리실 수도 있지만, 그만큼 정성이 들어간

다는 말이죠. 요리에 요리사의 정성과 열정이 들어가는 것, 그리고 그 열정이 손님들 눈에도 보이거든요. 물론 다른 요리들도 그렇지만, 특히 중국 요리가 복잡한 과정이 있는 요리가 많고, 칼질도 많이 필요하니까요.

―제자들에게 엄격하시다고 들었는데요, 보통 어떤 점을 엄격하게 보시나요?

―일단 제가 가장 중요하게 생각하는 것이 칼질입니다. 중국 요리에서는 정말 중요하거든요. 보통 사람들은 빠른 칼질을 중시하는데, 전 정확한 칼질을 중시하죠. 이건 제가 조금 결벽증이 생겨서일지도 모르겠습니다만, 조금 느리더라도 재료를 썰었을 때 모양이 일정해야 합니다. 일정한 모양의 재료로 요리해야 보기에도 좋죠. 하지만 그것보다도, 요리를 할 때 크기가 일정하지 않으면 작게 썰린 건 많이 익어 물러지고, 크게 썰린 건 덜 익어서 요리의 맛이 일정하게 나지 않기 때문에 정확한 칼질을 중시합니다.

그리고 인내와 열정을 봅니다. 요리사라는 직업이 정말 힘든 직업이거든요. 그래서 참을성이 없으면 어차피 좋은 요리사가 되기 힘들다고 생각합니다. …후략……

'와, 이거, 〈아린〉 들어가기도 힘들지만, 들어가서도 엄청 빡세겠는데? 근데 빠른 칼질이 아니라 느려도 정확한 칼질을 선

호한다는 거지……?'

호검은 혹시 〈아린〉의 면접에서 이런 비슷한 걸 물어볼 수도 있으니 천학수의 인터뷰를 읽으며 그가 어떤 생각을 가지고 있는지 기억해 두었다.

그리고 혹시 동영상 같은 것이 있는지 찾아보았는데, 천학수의 요리 수업 동영상을 하나 발견했다. 그건 어느 요리 학교 학생이 찍은 셰프 특강의 일부분이었다.

"오! 좋아. 특강!"

호검이 영상을 재생하자, 천학수가 보였다. 영상에서 천학수는 학생들에게 역시 정확한 칼질이 중요하다면서 천천히 칼질을 보여주고 따라 하게 시켰다.

―자, 칼질 연습은 이렇게 신문지나 밀가루 반죽으로 하세요. 이게 아주 좋습니다. 중국에서는 학생들이 다들 이렇게 연습을 합니다. 밀가루 반죽은 완전히 잘라내지 말고 밑면은 모두 붙어 있게 조금 남기고 칼자국을 내듯이 연습하는 겁니다. 그 칼자국을 보고 제대로 일정하게 칼질을 했는지 알 수 있죠.

그리고 그는 신문지와 밀가루 반죽을 천천히 일정한 간격으로 채를 써는 걸 보여주었다.

'중국에서는 저렇게 연습을 하는구나. 좋은 연습법이네!'

동영상에는 당근이나 무를 얇게 포를 뜨듯이 자르는 것과 중식칼을 옆으로 눕혀서 자르는 것에서부터, 가늘게 채를 써는 것까지 나와 있었다.

천학수는 웍에 자른 채소들을 넣고 볶으면서 불질하는 것도 보여주었다. 그런데 웍을 흔드는 천학수의 왼손이 왠지 모르게 불편해 보였다.

'손목이 안 좋으신가?'

호검은 동영상이 찍힌 날짜를 확인해 보았는데, 바로 1달 전에 올라온 동영상이었다.

'최근에 몸이 좀 안 좋아지셨나⋯⋯. 아님 원래 그러신 건가?'

호검이 의아해하며 천학수가 등장하는 다른 동영상을 찾아보았다. 그는 맛집들을 소개해 주는 1년 전 동영상에서 천학수를 볼 수 있었는데, 거기에서는 그가 웍을 흔드는 장면이 아주 잠깐 나와서 잘 알 수가 없었다.

"음⋯⋯. 원래 습관이실 수도 있지."

호검은 다시 요리 학교의 셰프 특강 동영상을 보았다. 그러다 동영상이 거의 끝나갈 무렵 동영상의 오른쪽에 연관 동영상이 뜬 것을 발견했다.

"어느 칼질 고수의 칼 솜씨⋯⋯?"

동영상의 주인공이 얼마나 칼질을 잘하는지 궁금해진 호검은 천학수의 셰프 특강을 다 보고 나서 곧바로 그 동영상을 클릭했다.

　*　　　　*　　　　*

　호검이 '어느 칼질 고수의 칼 솜씨'라는 제목의 동영상을 클릭하자, 조금 소란스러운 소리와 함께 동영상이 재생되었다. 화면은 직접 캠코더로 찍은 듯 조금 흔들거리며 나왔는데, 어느 무대 위를 찍은 듯했다.

　"이거 어디서 본 무댄데?"

　호검이 눈을 크게 뜨고 화면을 응시하는데, 화면에는 이제 어느 요리사의 손과 칼이 크게 나오고 있었다. 그 손은 카빙 나이프로 당근을 조각하고 있었는데, 거침없이 당근을 깎아 내더니 금세 새의 형태가 드러났다. 호검은 고개를 갸웃거리며 영상을 보다가 갑자기 소리를 질렀다.

　"저거, 내 손 아냐? 칼질미션쇼 때, 채소 카빙 미션 하던?!"

　그건 호검의 손이 맞았다. 누군가 캠코더로 자신의 채소 카빙 미션 때 모습을 찍어서 '어느 칼질 고수의 칼 솜씨'라며 영상을 올린 것이다.

　"헐. 이건 언제 찍었대?"

　그리고 채소 카빙 미션이 끝나자, 영상은 결승에서 호검이 보여준 연두부 채썰기로 이어졌다. 호검은 자신이 동영상의 주인공이라는 사실이 신기하기도 하고 반응이 궁금하기도 했다. 그는 영상 재생이 모두 끝나자 슬쩍 스크롤을 내려 댓글들을 확인했다.

[와, 대박! 한국 사람 맞아요?]

[미쳤다! 진짜 칼질 고수다!]

[첨엔 무슨 조각인가 했는데, 와, 뒤에 연두부 채썰기 죽음! 요리사도 예술가야!]

사람들은 극찬 릴레이를 이어갔으며, 대단하다는 반응들이었다. 그리고 저 요리사가 누구인지, 왜 얼굴은 제대로 안 보여주는지 궁금해하는 댓글들도 많았다.

그 캠코더 영상에 나온 장면들은 대부분 칼질미션쇼 무대에 설치되어 있던 화면에 나온 걸 찍은 것이었고, 호검의 얼굴은 영상에서 전혀 나오지 않았다. 아마도 몰래 찍은 영상이라서 초상권 같은 것에 걸릴까 봐 얼굴은 나오지 않게 편집을 한 것 같았다.

호검은 사실 얼굴이 나오지 않은 게 더 다행이라고 생각했다. 사람들이 그 영상의 주인공이 누구인지 궁금해하는 것도, 극찬하는 것도 기분 좋은 일이었다.

호검은 사실 다른 테스트들보다 천학수의 스킬 테스트가 뭘까 걱정이 되었었는데, 천학수의 인터뷰와 자신의 칼질미션쇼 동영상을 보고 마음이 좀 편해졌다.

'그래, 다 잘할 수 있어. 난 칼질의 달인으로 인정받은 사람이니까. 그리고 천 셰프님은 칼질을 중시한다고 했으니까 분명

히 스킬은 칼질과 관련된 걸 거야.'

호검은 가끔 이 동영상을 보면서 스스로 자신감을 올려야 겠다는 생각에 동영상을 즐겨찾기 해두었다. 그러고 나서 중식당 〈아린〉에 달력을 꺼내 언제 지원할까 날짜를 계산해 보았다.

'일단 민석 아저씨가 보조 강사를 구하실 때까지 하겠다고 하고, 2주 정도면 되려나? 음, 구하시는 대로 바로 테스트 보러 가면 되겠지? 아, 이태리 요리 대회는 2월 4일이랬는데… 이태리 요리 대회 끝나고 테스트를 보러 가야 하나? 흠, 하루 뺄 수 있나?'

호검은 달력에 이태리 요리 대회 날짜에 동그라미를 쳐놓고, 앞으로의 일정을 고민하다가 잠이 들었다.

* * *

다음 날, 학원에 출근해 보니 다행히 수정이 나와 있었다. 그녀는 아직 감기가 완전히 낫지는 않았는지 하얀 마스크를 하고 있었다.

"수정아, 괜찮아?"

"어, 호검이 왔구나! 응. 네가 어제 가져다준 죽 먹고 많이 나은 것 같아."

"에이, 설마. 맛은 괜찮았어?"

"괜찮은 정도가 아니라 너무 맛있었어. 여기, 보온병. 정말 고마워."

수정은 핼쑥해진 얼굴이었지만 밝게 눈웃음을 치며 보온병을 건넸다.

"얼른 다 나아야 할 텐데."

"그러게. 참, 그래서 말인데, 미안하지만, 수업 보조 들어가는 건 네가 좀 해줘. 내가 마스크 쓰고 돌아다니면 좀 그렇잖아."

"알았어. 나한테 맡겨."

호검이 듬직하게 말했다. 수정은 듬직한 호검의 대답에 다시 한번 눈웃음을 흘렸다.

"참, 저번에 얘기했던 그 이태리 요리 대회 신청해야지, 우리."

"어. 이따가 재료 준비 다 하고 나면 여기 사무실 컴퓨터로 같이 신청하자."

"알았어."

그때, 사무실로 민석이 들어왔다. 그는 들어오자마자 수정을 발견하고는 반갑게 그녀에게 물었다.

"오, 차 강사! 괜찮아? 다 나았어?"

"네, 괜찮아요. 감사합니다."

"다행이네. 어제 호검이가 가져다준 죽 먹고 다 나았구만? 역시 음식이 약이지. 하하."

"맞아요, 원장님. 호호호."

호검은 쑥스러운 듯 머리를 긁적이다가 민석에게 말했다.

"아, 원장님, 저 보조 강사 구하시면 그만두는 걸로 할게요."

"내가 금방 구하면 금방 그만두고, 늦게 구하면 늦게 그만 두고?"

"네."

"내가 일부러 막 2달 동안 안 구하면?"

"네?"

민석의 농담에 호검이 깜짝 놀라 되물었고, 민석은 재밌는 듯 크게 웃으며 말했다.

"하하하. 농담이야. 늦어도 3주 안에는 구할 테니 걱정 마. 일단 윤송이한테 말해봐야지. 차 강사, 윤송이 씨 어때?"

"아, 괜찮죠. 참하고, 센스도 있는 것 같아요."

"내 생각도 그래."

수정은 호검이 그만두는 것이 아쉬웠지만, 이미 호검의 원 대한 꿈을 알고 있는 터라 그만두지 말라고 할 수도 없는 상 황이었다. 그래도 그나마 이태리 요리 대회라도 함께 나가게 되어 그녀에게는 다행이었다.

그녀는 이태리 요리 대회를 준비하면서 호검과 좀 더 가까 워지기를 은근히 기대하며 바랐다.

　　　　　*　　　　　*　　　　　*

　호검과 수정은 이태리 요리 대회를 신청했고, 윤송이는 2주 후부터 보조 강사로 일하기로 얘기가 되었다.

　그리고 드디어 호검이 중식당 〈아린〉에 테스트를 보러 가는 날이 되었다. 채용 테스트는 식당이 쉬는 날인 수요일에 이뤄졌다. 중식당 〈아린〉의 채용 테스트는 일주일에 한 번, 몇 명을 한꺼번에 모아서 보는데, 천학수가 워낙 꼼꼼한 성격이라 그런지 결과는 1주일 내로 개별 통보 한다고 나와 있었다.

　원래 호검은 중식당 〈아린〉에 테스트를 보러 이태리 요리 대회가 끝나고 갈까 했는데, 호검이 쿠치나투라 요리 학원을 그만두는 날, 재석에게서 연락이 왔었다.

　─호검아, 이번에 한 명 뽑았어. 이제 한 자리 남았는데, 너 언제 테스트 보러 올 거야?

　"아, 그래요? 음, 다음 주엔 보러 갈게요."

　─알았어. 되도록 빨리 지원해. 이번 주에 또 한 명 뽑히면 또 언제 모집할지 몰라.

　"네, 알겠어요, 형."

　그래서 호검은 일단 테스트를 먼저 보기로 결정했던 것이다.

　테스트는 오전 10시 시작이었는데, 호검은 늦지 않으려고 1시간 일찍 집을 나섰고, 테스트 시작 시간보다 30분 일찍 〈아린〉에

도착했다.

"후우."

호검은 〈아린〉 앞에서 크게 심호흡을 한번 하고 안으로 들어갔다. 쉬는 날이라 그런지 카운터와 홀에는 아무도 없었다. 호검은 일단 안을 두리번거리며 말했다.

"계세요?"

그가 한 발짝씩 안으로 들어가는데, 누군가 뒤에서 뛰어 들어왔다.

"어? 호검아!"

호검이 뒤를 돌아보니 재석이었다.

"형! 오늘 쉬는 날 아니에요?"

"맞는데, 요즘 쉬는 날 면접 보니까 돌아가면서 한 명씩 나오고 있어. 오늘은 내가 나오는 날이거든. 근데 벌써 사장님 나오셨나 보네, 문이 열려 있는 걸 보니까."

"아무도 안 계신데요?"

"사장님은 아마 사장실 내에 있는 개인 주방에 계실 거야. 근데 너 엄청 일찍 왔다?"

"네, 늦을까 봐 일부러 좀 일찍 나왔어요. 참, 근데 형, 한 명 뽑았다는 그 사람은 세 가지 다 통과한 거예요?"

"음, 그 사람은 경력이 좀 있는 사람이야. 나이도 나랑 동갑인데, 다른 데서 막내를 해봐서 체력이랑 인내력 테스트는 꽤 쉽게 통과했다고 자기가 그러더라고. 지금 일주일 조금 넘었는데, 아직까지는 잘하고 있어. 아, 스킬 테스트는 물어봤는데 사장님이 말하지 말랬는지 말을 안 하더라고."

재석은 여기까지 말하고는 시계를 쳐다보더니 호검에게 말했다.

"난 가서 테스트할 준비해 놔야 하니까 넌 일단 여기 앉아서 좀 기다리고 있어. 그리고 다른 사람들 오면 여기 앉아서 대기하라고 해줘. 아, 너까지 오늘 총 네 명이 테스트 볼 거야."

"네, 형."

호검은 재석이 가리킨 자리에 앉았고, 재석은 주방으로 향했다.

호검은 자리에 앉아서 곧 있을 테스트에 대비해 손목을 풀기 시작했다. 그는 학원을 그만둔 후 집에서 웍을 사다가 물을 담아서 흔드는 연습도 하고, 아령을 사다가 팔목 힘을 기르는 연습도 해왔다. 그리고 어떻게 하면 덜 힘들게 양파와 파를 다질 수 있는지 연구도 했다.

물론 너무 심하게 연습하다가 테스트 당일 날 아플까 봐 어제는 푹 쉬었다. 그래서 오늘은 살살 손목을 돌리고 스트레칭만 좀 해주면서 손목을 풀어주고 있는 것이다.

그러다 그는 자신의 주머니에 손을 넣어 요리사의 돌이 잘 있는지 확인했다.

그가 요리사의 돌을 가져온 이유는 천학수의 스킬을 따라 해야 하기 때문이었다. 예전에 피자 수업 당시에도 요리사의 돌은 그에게 노하우를 깨닫게 해주었기 때문에 이번에도 뭔가 도움이 될지 몰라서 가져온 것이다.

잠시 후, 호검 말고 다른 지원자들 세 명이 차례로 당도했는데 그들은 모두 남자였다. 호검은 재석이 시킨 대로 앉아서 대기하랬다고 말을 전했고, 다들 자리에 앉아서 재석을 기다렸다. 그들은 이 중에서 한 명이 붙거나 아니면 다 떨어지는 것을 알고 있어서 그런지, 서로 아무 대화도 나누지 않았다.

호검을 포함한 네 명의 지원자가 긴장 상태로 대기한 지 10분이 지나고, 10시가 되자, 재석이 등장했다. 재석은 네 명에게 번호가 붙은 스티커를 나눠주고 가슴팍에 붙이라고 하더니 말했다.

"자, 다들 절 따라오세요."

8. 떡잎부터 알아본다III

  지원자들은 재석을 따라 주방으로 향했고, 주방에 들어서
자, 가장 먼저 웍 네 개가 나란히 화구 위에 놓여 있는 것이
보였다. 그리고 그 앞에 천학수가 서 있었다.

  천학수는 키는 좀 작았지만 다부진 체격과 날카로운 눈매
를 가지고 있어서 냉철하고 날렵해 보였다. 쿠치나투라 요리
학원의 민석과는 정반대의 날카로운 카리스마가 느껴지는 사
람이었다.

  지원자 네 명은 천학수를 보고 단체로 꾸벅 인사를 했다.

  "안녕하세요!"

그러자 천학수는 지원자들 앞으로 다가와 고개만 까딱 하더니 입을 열었다.

"자, 이쪽으로 오세요. 오늘 첫 번째 테스트는 인내력 테스트입니다. 여기 대야에 담긴 양파 20개와 대파 5단을 모두 다듬어서 자르기까지 하면 됩니다. 취직하면 가장 먼저 하는 거고, 가장 많이 하는 일이죠. 그럼 일단 여기 쭉 앉으셔서 다듬기부터 하세요. 시간제한은 있지 않지만, 너무 늦으면 안 되겠죠? 주방에서는 스피드도 중요하니까요. 그럼 시작!"

학수는 설명이 끝남과 동시에 시작을 외쳤고, 지원자들은 후다닥 각자 고무 대야 하나씩을 맡아 그 앞에 쪼그리고 앉았다. 지름이 5~60㎝ 정도 되는 고무 대야 안에 양파와 파가 가득 담겨 있었고, 그 위에는 손질할 때 사용할 일반 부엌칼이 놓여 있었다. 그리고 그 앞쪽으로 다듬은 양파와 파를 담을 같은 크기의 빈 고무 대야도 놓여 있었다.

'뭐지? 테스트 순서가 바뀐 건가? 뭐 돌리기부터 한댔는데?'

호검은 순간 고개를 갸웃거렸지만, 순서야 학수 마음대로라고 생각했다.

지원자들은 자리에 앉자마자 재빨리 양파 껍질을 까고, 파를 깨끗하게 다듬기 시작했다. 그들은 양파와 파 뿌리 부분은 다 잘라내고 썩은 부분 등은 도려낸 후 물로 깨끗이 씻어 빈 고무 대야에 담았다.

네 명의 지원자는 양파와 파 다듬기를 거의 동시에 끝마치고 손을 들었다.

"완료했습니다!"

천학수는 조금 떨어진 곳에서 그들을 지켜보다가 다가와서 지원자들이 양파와 파를 다듬은 상태를 날카로운 눈으로 확인했다. 그러더니 지적을 시작했다.

"1번, 이거 양파 끝은 왜 이렇게 많이 잘라냈습니까?"

"죄송합니다!"

"스피드도 중요하지만, 이렇게 재료를 낭비해서는 안 됩니다. 음, 그리고 4번, 여기 파에 흙이 그대로 있네요."

"다시 씻어 오겠습니다!"

4번은 재빨리 다시 파를 씻어 왔다. 다행히 2번인 호검은 아무 지적도 받지 않았다.

지적이 끝나자, 천학수는 양파와 파가 담긴 고무 대야를 든 지원자들을 재료 준비를 하는 도마가 있는 곳으로 데려갔다.

'이제 다지기 시키려나 보네.'

호검은 재석에게서 들은 바가 있어 앞으로 뭘 할지 알기 때문에 덜 긴장되었다.

천학수는 네 명의 지원자에게 도마 앞에 자리를 잡으라고 하더니 그릇 두 개를 내밀었다.

"자, 이 크기와 이 모양으로 양파와 파를 썰어주세요."

그릇 하나에는 파가 곱게 다져져 있었고, 다른 그릇 하나에는 양파가 엄지손톱만 한 크기의 네모로 잘려 있었다.

'원래 이렇게 샘플을 보여주고 모양대로 자르라고 시키는 테스트였나? 하긴, 저 양파는 크게 다진 양파라고 생각하면 되지, 뭐.'

호검은 재석에게 그저 다지면 된다고만 들었기에 조금 의아했지만, 그 정도야 잘할 수 있었기에 바로 양파 썰기부터 시작했다. 호검은 양파를 절반으로 자른 후 양파 결을 따라 뿌리 부분은 붙어 있게 칼집을 내듯이 썰었다. 그다음 양파 결과 직각이 되도록 다시 썰어주었다. 이렇게 썰면 칼질을 조금 천천히 해도 빠르게 양파를 네모나게 썰 수 있고, 양파 단면을 최소로 드러내 눈이 덜 맵기도 했다.

다른 지원자들도 양파 썰기부터 시작했는데, 호검의 바로 옆에 선 1번 지원자는 스피드를 최우선으로 하는지 엄청나게 빨리 양파를 마구 썰어대고 있었다. 호검은 칼질은 그리 빠르게 하지 않았지만, 양파 끝을 잘 붙여놓아 양파가 잘 고정되어 있는 덕분에 조금 천천히 움직여도 양파 20개를 금방 네모나게 썰 수 있었다.

그런데, 호검이 양파를 모두 자르고 파를 썰려고 하다가 갑자기 두 눈을 질끈 감으며 소리를 질렀다.

"앗!"

　　　　*　　　*　　　*

　호검이 짧게 소리를 지르자, 다른 이들이 모두 행동을 멈추고 그를 쳐다보았다.

"왜 그러……?"

　재석은 눈을 꽉 감고 있는 호검에게 다가가려다가 천학수의 제지로 그 자리에 멈춰 섰다. 천학수는 표정 하나 변하지 않고 호검을 가만히 쳐다보고 있었다. 다른 지원자들은 천학수가 가만히 있자, 다시 각자의 양파를 썰기 시작했다.

'으, 따가워. 이거 눈에 뭐가 튀어 들어간 거야?'

　호검은 눈에 양파 물이 들어간 것 같았다. 호검은 이미 양파를 모두 썰었기 때문에 이건 옆에서 마구 양파를 난도질하고 있는 1번이 튀긴 양파 물인 듯했다. 하지만 1번이 그랬다고 하더라도 증거도 없고, 설사 증거가 있다고 해도 달라질 건 없었다. 아마 천학수는 양파를 썰다가 눈이 매워져서 그런 것이라고 생각하고 있을 것이다. 그러니 이미 벌어진 일, 호검은 해결책부터 찾아야 했다.

'아, 이거 눈을 제대로 뜰 수가 없으니 수도를 찾아갈 수도 없고……'

　호검은 잠시 눈을 감은 채 생각에 잠겼다. 그의 눈에서는 쉴 새 없이 눈물이 흐르고 있었다.

'어쩔 수 없지.'

호검은 오른팔을 들어 옷자락으로 눈물을 슥 닦더니 다시 칼을 잡았다. 이어 그는 아주 잠깐 눈을 떴다가 다시 감았다. 호검은 잠깐 눈을 떠서 파의 위치를 확인한 후 왼손을 가져가 파를 잡았다.

호검은 대파를 옆으로 놓은 상태에서 칼끝을 이용해 파를 길게 자르기 시작했다. 그는 양파를 다졌던 것처럼 파의 끝부분은 붙어 있게 놔두고 여러 갈래로 파를 갈라 마치 빗자루 같은 모양이 되도록 자르고 있었다.

물론 눈을 감은 상태에서 말이다.

호검은 눈은 감은 상태에서도 파의 정확한 위치를 기억해 놓았고, 손의 감각만으로 칼을 움직였다.

호검은 중간중간 새 파를 도마에 올려놓을 때만 눈을 잠깐 떴다가 감을 뿐, 칼질을 할 때는 눈을 감은 채로 칼질을 하고 있었다. 그는 빗자루 끝처럼 여러 가닥으로 갈라놓은 파 여러 개를 가로로 겹쳐놓고 왼손으로 꽉 눌러 잡았다. 그리고 엄청난 속도로 칼을 내려치기 시작했다. 호검이 칼을 한 번 내리칠 때마다 다진 파가 후두두둑 오른쪽에 떨어져 나왔다. 그는 여전히 눈을 감은 채로 칼질을 계속해 나가고 있었다.

천학수는 이 모든 과정을 지켜보았고, 재석 역시 입을 쩍 벌리고 이 신기한 광경에서 눈을 못 떼고 구경하는 중이었다. 다른 지원자들도 자신의 파를 썰면서 무슨 이런 사람이 다 있나 하는 표정으로 힐끔힐끔 호검을 쳐다보았다.

호검이 파를 절반 정도 썰었을 때쯤, 천학수의 목소리가 들려왔다.

"3번 지원자, 포기하시는 겁니까?"

천학수가 눈물과 콧물 범벅이 된 얼굴로 도마에 칼을 내려놓고 가만히 서 있는 3번 지원자에게 물었다.

"네. 못 할 것 같습니다. 포기하겠습니다."

3번 지원자는 그길로 주방을 떠났다. 호검은 그가 경험이 전혀 없는 사람이든지, 아니면 눈이 매우 약한 사람일 거라 추측했다. 아무튼, 3번 지원자가 주방을 떠나고 얼마 후, 1번 지원자가 외쳤다.

"완료했습니다!"

그리고 이어 2번인 호검과 4번 지원자도 양파와 파 썰기를 완료했다. 천학수는 양파와 파의 상태를 확인하기 위해 지원자들에게로 다가갔다.

"2번 지원자, 가서 눈 씻고 오셔도 됩니다. 다른 지원자들도 저쪽에서 세수하고 오세요."

"네!"

호검은 보지 못했지만, 다른 지원자들도 얼굴이 말이 아니었는지 학수는 다들 세수를 하고 오라고 시켰고, 재석은 얼른 다가와 앞을 보기 힘든 호검을 부축해 주었다. 다른 두 지원 자도 후다닥 달려가서 얼굴과 눈을 씻고 돌아왔다.

지원자들이 제자리로 돌아오자 드디어 학수의 평이 시작되 었다.

"1번 지원자는 아까 양파 썰 때 막무가내로 칼질을 하던데, 옆에도 막 튀기면서요. 파 다지기는 더 말할 것도 없고요. 그 렇게 막무가내로 하니 모양이 일정할 수 있겠습니까? 무조건 빠르다고 좋은 건 아니란 말입니다."

"네……."

1번 지원자가 다 기어들어 가는 목소리로 대답했다. 2번인 호검이 긴장한 상태로 대기하고 있는데, 학수는 호검을 그대 로 지나쳐 4번 지원자 앞으로 갔다.

'뭐야, 왜 나한테 아무 말도 안 해?'

호검이 당황한 눈빛으로 학수를 쳐다보았지만, 학수는 바로 4번 지원자가 썬 양파를 손으로 들어보며 그에게 말했다.

"4번 지원자는 양파가 내 샘플보다 좀 굵게 썰어졌지만, 균 일한 크기로 썰긴 했네요. 음, 아까 써는 거 보니까 경력이 좀 있는 것 같던데, 어디서 일했었어요?"

"동네 중국집 주방에서 1년 반 정도 일했습니다."

"웍은 잡아봤나요?"

"네! 자장 만들어봤습니다."

학수는 고개를 끄덕이더니 휙 돌아서 다시 호검을 쳐다보았다.

"2번 지원자!"

학수가 갑자기 호검을 부르자 그는 깜짝 놀라 반사적으로 큰 소리로 대답했다.

"네?"

"눈 감고 썰다가 다치면 어쩌려고 그랬습니까?"

"아, 조심해서 했습니다."

"칼질에 자신 있어서 그렇게 한 겁니까?"

"그렇다기보다는… 제 손끝 감각을 믿었습니다."

"흠, 감각을 믿었다……."

학수는 호검이 한 말을 중얼거리며 호검이 썬 양파와 다진 파를 살펴보았다. 그리고 한마디 했다.

"2번 지원자는 손끝에 눈이 달린 것 같군요."

그야말로 극찬이었다. 호검은 속으로 쾌재를 불렀고, 재석도 슬며시 미소를 지었다. 첫 번째 테스트는 호검에게 약간의 고비가 있었지만, 오히려 그 덕분에 그는 학수에게 더 강한 인상을 남길 수 있었다.

"자, 다음 테스트 들어가겠습니다. 지금 썬 양파와 파가 담긴 대야를 들고 따라오세요."

학수는 뒷짐을 지고 앞장을 섰다.

'잉? 양파랑 파는 왜? 물 돌리기 하는 거 아닌가?'

호검은 재석에게 들었던 것과 다른 테스트 진행 상황에 조금 의아해서 재석을 쳐다보았는데, 재석도 당황한 표정이 역력했다.

'재석이 형도 몰랐나 본데? 천 셰프님이 갑자기 바꾸신 건가?'

어쨌든 지원자 세 명은 각자의 대야를 들고 학수의 뒤를 따랐다. 학수는 아까 호검이 들어오면서 보았던 웍 네 개가 나란히 놓여 있던 화구 앞으로 그들을 데려왔다. 그리고 까오기라고 불리는 중식 국자를 하나씩 나눠주며 말했다.

"자, 기름에 양파와 파 볶기를 하시면 되는데요, 중국 요리 하는 거 많이들 보셨죠? 이 웍을 흔들면서 안의 내용물을 고루 섞이게 볶아주시는 겁니다. 이 국자로 기름 두세 국자를 웍에 넣으신 후에 각자 썰어 온 양파와 파 절반 정도를 함께 넣고 볶아주시면 됩니다. 제가 그만하라고 할 때까지 계속 볶아주세요."

지원자 세 명은 일단 화구에 불을 붙이고, 웍에 세 국자의 기름을 둘렀다. 그리고 대야 안의 양파와 파 절반 정도를 웍에 붓자 웍은 3분의 2 정도가 찼다.

'이거 물보다 더 어렵겠다……. 더 무거운 거 같기도 하고.'

호검이 왼손으로 웍 손잡이를 잡고 살짝씩 웍을 흔들며 무게를 가늠해 보고 있는데, 갑자기 옆에서 우당탕쿵탕 소리가 났다. 호검이 옆을 보니, 1번 지원자의 국자가 바닥에 나뒹굴고 있었다. 그는 몸은 최대한 화구에서 멀리한 채 간신히 웍의 손잡이 끝을 부여잡고 있었다. 호검이 상황을 보아하니 웍을 세게 흔들다가 기름에 불이 붙어 크게 불이 일자, 깜짝 놀라 국자를 놓친 듯했다.

"죄, 죄송합니다. 갑자기 불이 크게 일어서……."

1번 지원자가 학수의 눈치를 보며 말하자, 학수가 물었다.

"하실 수 있으시겠어요? 웍 흔들 때마다 불이 일어날 텐데요. 중식은 불이 세서 웍 안의 기름에 불이 잘 붙거든요."

"다시 해, 해보겠습니다."

1번 지원자는 다시 해보겠다고 했지만, 결국 몇 번 웍을 흔들다가 포기했다. 그는 너무 큰 불 때문에 집중을 못 하고 온 사방에 잘린 양파들을 떨어뜨려 주변을 난장판을 만들었다. 그래서 스스로도 뽑히지 못할 거라 예상했는지 그만하겠다며 인사를 하고 주방을 떠났다.

이제 남은 사람은 호검과 4번 지원자 둘뿐이었다.

경력이 있다던 4번 지원자는 기름과 양파, 파를 넣자마자 능숙하게 웍을 흔들어대고 있었다. 그는 불이 일어나는 것에도 살짝 미간에 힘만 조금씩 들어갈 뿐 한 치의 흔들림 없이,

손을 계속 같은 속도, 같은 스냅으로 움직였다.

물론 호검도 웍의 무게를 가늠해 보고서 일정한 속도와 스냅으로 웍을 흔들고 있었다. 웍을 흔들 때마다 불이 붙었지만, 호검은 이태리 요리에서 와인에 불을 붙여봤기 때문에 불이 무섭다거나 놀라진 않았다.

'역시 중식은 이태리 요리에서 와인에 불 붙는 거보다 훨씬 세군.'

학수는 두 사람이 모두 양파나 파를 웍 바깥으로 흘리지 않고 웍을 잘 흔들고 있었기에 가만히 옆에서 지켜보았다.

이제는 얼마나 버티느냐가 관건이었다. 웍만 해도 무거운데 그 안에 3분의 2가 양파와 파로 채워져 있으니 더 무거웠다. 그런데 그 웍을 계속해서 돌려야 하니 팔 힘이 정말 좋아야 했다. 호검과 4번 지원자는 뜨거운 불 앞인 데다가 무거운 웍을 계속 돌리려니 땀이 비 오듯 쏟아졌다.

'으, 이거 정말 장난 아닌데?'

호검은 집에서 웍에 물을 담아 휘휘 돌리는 것과는 차원이 다르다는 걸 느꼈다. 물론 어린 시절부터 보쌈집에서 일을 해서 기본적인 체력은 되었지만, 중식은 정말 체력적으로 더 힘들다는 것이 이 웍 돌리기 테스트를 해보니 확 와 닿았다.

'테스트를 왜 이렇게 하는지 알겠네……'

이태리 요리는 그나마 팬이라도 작지, 이건 웍도 커다랗고 불도 더 세니 힘이 정말 많이 들었다. 호검은 앞으로 여기서 일하려면 정말 단단히 각오를 다져야겠다고 생각했다.

웍을 돌리며 양파와 파를 볶은 지 10여 분이 지났다. 이제 웍 안의 내용물은 모두 볶아지고도 남았는데, 학수는 호검과 4번 지원자가 얼마나 더 할 수 있나를 지켜보고 있는 듯했다.

4번 지원자는 처음 5분 정도는 여유로워 보이더니 갈수록 웍을 흔드는 속도가 떨어지고, 표정도 일그러지고 있었다. 중국 요리에 경력이 있긴 했지만, 이렇게 쉬지 않고 계속 웍을 돌리는 것은 처음 해보는 일이었기 때문이다.

호검은 이를 악물고 일정한 속도를 유지하려고 애를 썼다. 그런데 그도 10여 분이 지나자 슬슬 속도가 떨어지려고 했다.

'안 되겠다! 바꾸자!'

호검이 갑자기 왼손에 쥐고 있던 웍 손잡이를 오른손으로 넘기고, 오른손에 쥐고 있던 중식 국자는 왼손으로 넘겼다. 손을 바꾸는 그의 모습을 본 천학수가 미간을 찌푸렸다. 학수는 팔이 아프다고 두 손을 바꾸는 걸 보고 어리석은 짓이라고 생각한 듯했다. 보통 웍은 왼손으로, 국자는 오른손으로 쥐고 요리를 하는 것이 익숙해져 있기 때문에 손을 바꾸면 당연히 양쪽 다 어설퍼지게 마련이라, 대개는 웍도 제대로 못 흔들고 국자는 국자대로 제대로 못 다루게 된다.

하지만 곧 천학수는 미간이 퍼지며 눈이 조금 커졌다.

호검은 손을 바꿨음에도 아까 왼손으로 할 때처럼 그대로 능수능란하게 웍을 오른손으로 돌리고 있었던 것이다. 손목 스냅도 같고, 웍을 흔드는 박자도 왼손으로 웍을 잡았을 때와 같았다.

재석도 호검의 양손 기술에 놀라워하며 입을 쩍 벌렸다. 4번 지원자는 자신의 웍을 돌리는 데 힘이 부친 터라 호검을 볼 겨를이 없었다. 학수는 호검을 몇 분 더 지켜보다가 마침내 입을 열었다.

"자, 이제 그만 멈추십시오. 그 정도면 충분합니다."

4번 지원자는 안 그래도 너무 힘들어서 거의 웍을 못 흔들 지경이었는데, 안도의 한숨을 내쉬며 왼손을 웍에서 뗐다. 그리고 손목이 아픈지 손을 막 털었다. 호검도 웍 손잡이를 놓고 손목을 살살 돌리며 풀어주는데, 계속 존댓말을 하던 천학수가 호검에게 반말로 물었다.

"자네, 양손잡이인가?"

"원래는 아닙니다."

"원래는 아니라니?"

천학수가 의아한 표정으로 호검을 쳐다보았다.

"평소에는 오른손잡이입니다. 칼질이나 다른 것들도 다 오른손으로 하고요."

"그럼 웍 돌리기만 양손으로 가능한 건가?"

"네, 체력적으로 한 손으로 돌리는 것보다 양손이 가능하면 훨씬 수월할 것 같아서 따로 연습했습니다."

"흠, 연습한 보람이 있군."

학수는 원래 양손잡이였다는 대답을 예상했다가 이것만 연습해서 가능하다는 말에 오히려 더 감명을 받은 것 같았다. 재석은 학수가 반말을 하는 것을 보고 호검이 어느 정도 그의 마음에 들었다는 것을 확신했다. 학수는 자신의 마음에 드는 사람에게만 친근감의 표시로 반말을 했기 때문이다.

"4번 지원자도 경력이 있어서 그런지 체력은 괜찮네요. 자, 그럼 두 분 다 절 따라오세요. 마지막 테스트는 제 개인 주방에서 할 겁니다. 갑시다!"

재석은 학수의 개인 주방까지는 따라가지 않았기에 호검에게 슬쩍 손을 흔들며 입모양으로 파이팅을 외쳐주었다.

그리고 드디어 마지막 테스트를 보기 위해 4번 지원자와 호검은 학수를 따라 그의 개인 주방으로 들어갔다.

사장실을 통해 있는 천학수의 주방은 한쪽 벽면으로 싱크대가 설치되어 있었고, 한가운데에 화구와 조리대가 길게 설치되어 있었다.

천학수는 가운데 조리대로 가더니 뒤따라온 호검과 4번 지원자를 뒤돌아보며 마지막 테스트에 대해 설명했다.

"자, 마지막 테스트는 눈썰미 테스트라고 할 수 있습니다.

지금부터 내가 뭘 보여줄 텐데 보고 기억해서 그대로 따라 해주시면 됩니다. 내 앞에서 볼 사람은 앞에서 보고, 내 어깨너머로 볼 사람은 내 뒤에서 보세요. 자리를 옮겨가면서 봐도 돼요."

"네!"

두 지원자는 우렁차게 대답하고는 일단 학수의 앞쪽 정면에 섰다.

"아, 그리고 지금부터 어떤 질문도 할 수 없습니다. 물론 나도 아무 말도 안 할 거고요. 그냥 조용히 집중해서 보세요. 자, 그럼 시작합니다."

천학수는 조리대 밑에 있는 양동이에서 가물치 한 마리를 끄집어 올렸다. 가물치는 살아 있어서 마구 몸부림을 쳤지만, 학수는 가물치의 머리를 절대 놓치지 않았다. 그는 도마 위에 가물치를 놓더니 중식도 옆면으로 가물치의 머리를 내려쳤다.

쿵.

단 한 번의 타격으로 가물치는 기절해서 움직이지 않았다.

'으, 이거 중식도로 가물치 포 뜨는 거 아냐?'

사실 가늘고 날렵한 칼로 포를 뜨기도 힘든데, 무겁고 각진 중식도로 포를 뜨는 것은 그보다 더 어려운 일이었다. 하지만 천학수는 능수능란하게 가물치 포를 뜨기 시작했다. 그는 먼저 배를 갈라 내장을 제거하고, 머리 부분을 잘라낸 후, 등 쪽에 칼을 집어넣어 슥슥 생선을 잘라 나가기 시작했다.

'내장 제거. 머리 제거. 등 쪽에 칼을 집어넣고, 다음에 돌려서 배 쪽으로……'

호검은 학수의 동작을 하나라도 놓칠세라 두 눈을 부릅뜨고 생선을 해체하여 포를 떠나가는 모습을 지켜보았다. 4번 지원자도 이리저리 돌아다니며 여러 각도에서 열심히 관찰하고 있었다.

학수는 가물치의 한쪽 면만 포를 뜬 다음 남은 가물치는 한쪽으로 치워두고, 포 뜬 것만 껍질이 바닥 면에 오고 속살이 위쪽을 향하도록 놓았다.

'이제 다 된 건가? 또 뭐 하시려나……?'

호검과 4번 지원자가 학수의 눈치를 보며 기다리고 있는데, 학수가 다시 칼을 들더니 이제 한 덩어리인 가물치 살을 얇게 회 뜨기 시작했다. 그런데 학수는 살이 껍질에서 분리되지 않도록 조심스럽게 칼집을 냈다. 그는 같은 두께로 칼집을 세 번 낸 후에 네 번째 칼질에서 껍질까지 완전히 잘라내었다.

'뭘 하시려고 저렇게 껍질엔 붙어 있게 회를 뜨신 거지?'

호검의 의아해하고 있는데, 학수는 이어 방금 칼집만 넣어 네 겹의 살이 붙어 있는 껍질을 90도 돌려서 다시 칼질을 하기 시작했다. 이번엔 채를 치듯이 가물치 살을 잘랐는데, 아까처럼 껍질은 자르지 않았다. 이제 가물치 껍질에 붙은 살들은 가는 꽃잎처럼 여러 갈래로 갈라져 있었다.

호검과 4번 지원자는 계속 고개를 갸웃거리며 학수를 지켜보았다. 학수는 이제 이 꽃잎 같은 가물치 살에 하얀 전분 가루를 묻혀 왼쪽에 놓인 화구로 갔다. 화구 위에는 기름이 담긴 웍이 올려져 있었는데, 학수는 기름을 달군 다음 이 꽃잎 같은 가물치 살을 튀겨냈다.

'오, 튀기니까 진짜 꽃잎 같네? 국화꽃! 국화꽃 같다. 신기해!'

잠시 호검이 감탄하며 완성된 가물치 살 튀김을 쳐다보는데, 학수가 방금 쓰고 남은 가물치 살 덩어리를 절반으로 나누더니 드디어 입을 열었다.

"잘 보셨죠? 여기 가물치 살을 나눠 드릴 테니까 제가 지금 만든 국화꽃 튀김을 만드시면 됩니다. 자, 제 자리로 오세요."

다행히 커다란 가물치의 포를 뜨는 것은 아니었지만, 이 부드러운 생선 살을 국화 꽃잎처럼 자르는 것도 쉬운 일이 아니었다. 잘못하다가는 살이 부서지거나 으스러질 것이다.

'이걸 한 번 보고 하라니. 흠……'

일단 학수가 시키는 대로 호검은 방금 학수가 포를 뜬 자리에, 4번 지원자는 그 바로 옆 도마에 자리를 잡았다. 각 지원자의 도마에는 가물치 살이 놓여 있었다. 4번 지원자는 자리에 가자마자 칼을 들고 곧바로 가물치 살에 칼집을 내기 시작했다. 아마도 잊어버리기 전에 얼른 하려는 의도 같았다. 하지만, 호검은 아직 칼을 잡지 않고 잠시 기억을 되짚어보았다.

'그래, 실수가 없어야 하니까,'

호검은 실수가 없도록 하기 위해 요리사의 돌을 쓰기로 했다. 그는 주머니에 잠시 손을 집어넣고 아까 학수의 국화꽃 모양 포를 뜨는 장면을 되새겼다.

잠시 후 드디어 호검이 중식도를 집어 들었다. 호검이 중식도를 들고는 옆에 4번 지원자를 슬쩍 보았는데, 4번 지원자의 칼이 가물치 살에 닿을 때마다 살이 으스러져 너덜너덜해지고 있었다.

"아, 왜 이러지? 분명히 이렇게 하셨는데……"

4번 지원자는 당황한 표정으로 구시렁대면서 어떻게든 포를 잘 떠보려고 낑낑댔다.

호검은 중식도를 들고 옆의 싱크대로 가서 자신의 칼과 손에 물을 묻혔다. 그리고 돌아와서 젖은 손으로 가물치 살을 슥 문지른 다음, 칼을 살에 가져다 댔다.

요리사의 돌은 기억을 선명하게 해줄 뿐만 아니라 호검이 잘 못 본 것도 캐치해서 알려주었다. 그중 하나가 바로 학수가 물 묻은 손으로 가물치 살을 문질렀다는 것이었다. 생선 살에 물을 묻혀주어야 칼이 부드럽게 들어가고 자를 때 살이 부서지지 않기 때문인데, 보통은 다들 포를 뜨는 칼에 집중해

있느라 그것을 잘 못 알아챘다.

학수는 호검이 생선 살에 물을 바르는 것을 보고 미세하게 고개를 끄덕였다.

호검이 왼손으로 가물치 살을 살짝 누르고 오른손에 든 중식도를 기울여서 포를 뜨기 시작했다.

스윽. 스윽. 스윽.

물이 묻은 칼은 물을 묻힌 생선 살로 부드럽게 파고들어 깔끔하게 포를 떴다.

호검은 칼질 세 번은 껍질을 자르지 않고 살에만 칼집을 내고, 네 번째 칼질을 할 때는 껍질까지 잘랐다.

이미 4번 지원자의 가물치 살은 너덜너덜해져서 수습할 수 없는 지경이 되었고, 4번 지원자는 포기한 표정으로 칼을 멈춘 채 호검의 손놀림을 보고 있었다.

호검은 방금 잘라낸 가물치 살을 90도로 돌려 채를 치듯 조심스럽게 썰었고, 아까 학수가 한 것처럼 꽃잎 모양을 그대로 만들어냈다. 그는 바로 꽃잎 같은 가물치 살에 전분을 묻혔고, 젓가락으로 살짝 살을 잡고 끓는 기름에 살짝 담근 채 살살 흔들기 시작했다. 이건 꽃잎처럼 잘린 생선 살이 서로 붙지 않고 각각의 꽃잎 모양을 그대로 유지하며 튀겨지게 하기 위해서였다.

호검의 행동을 날카로운 눈으로 지켜보던 학수의 입가에

슬쩍 미소가 번졌다.

'드디어 찾아냈어!'

천학수는 빠른 습득력을 가진, 재능 있는 인재를 찾고 있었다. 그래서 일부러 이렇게 처음부터 테스트를 해서 될성부른 나무를 골라 뽑으려 한 것이다. 그건 지금 있는 수제자의 한계가 보여서이기도 했고, 또, 자신의 손목이 좋지 않은 이유에서이기도 했다. 오늘 학수가 본 호검은 여러 가지 면에서 모두 완벽했다. 재능, 노력, 관찰력, 습득력 등 모든 것을 갖춘 엄청난 떡잎이 아닐 수 없었다.

호검은 마침내 아까 학수가 만든 국화꽃 모양 튀김을 그대로 재현해 냈다. 4번 지원자는 그런 호검을 입을 쩍 벌리고 쳐다보았다. 무슨 이런 괴물 같은 게 있나 싶은 표정이었다. 호검이 국화꽃 모양 튀김을 완성하자, 학수가 입을 떼었다.

"4번 지원자, 수고하셨어요. 모든 테스트가 끝났으니, 가보셔도 됩니다."

"네, 안녕히 계세요."

4번 지원자는 이미 호검이 채용될 거라 예상했기에 미련 없이 꾸벅 인사를 하더니 주방을 나갔다. 이제 주방에는 호검과 학수 둘만 남았다.

"몇 살이랬지?"

"스물여섯입니다."

"좋군. 이름은?"

"강호검입니다."

"허허. 잘 어울리는 이름이구만. 칼질은 어디서 배웠나?"

"칼질이 재밌어서 혼자 연습했습니다."

"오호, 이름처럼 칼을 좋아하는 건가? 하하하. 당장 내일부터 나올 수 있나?"

학수가 대뜸 물었다. 호검은 일단 확실히 학수가 자신을 마음에 들어 하는 것 같아 기뻤다. 그런데 채용 여부 발표까지 한 일주일 정도 여유가 있다고 들었는데, 당장 내일부터 나올 수 있냐고 묻자 당황했다. 게다가 이번 주말부터 다음 주 초까지는 구정 연휴가 끼어 있었다. 그리고 다음 주 토요일은 이태리 요리 대회가 열리는 날이었다.

"아, 죄송하지만 내일 당장은 어렵습니다. 구정도 있고, 제가 아직 전 직장 일이 마무리되지 않아서 다다음 주 월요일부터 일하면 안 될는지……."

호검이 학수의 눈치를 보며 조심스럽게 말했다. 학수는 호검의 말에 미간을 찌푸렸다.

'괜히 그랬나……? 무조건 하겠다고 할 걸 그랬나? 설마 이런다고 날 안 뽑겠다고 하진 않겠지?'

호검이 속으로 오마조마하며 학수의 눈치를 살피고 있는데, 학수가 다시 말문을 열었다.

"오케이. 다다음 주 월요일부터 출근하는 걸로. 그럼 이제 가봐. 오늘 수고 많았어."

학수가 호검의 어깨를 두드리며 만족스럽게 웃었다. 학수는 웃으니까 의외로 순해 보였다. 그의 웃음에 호검도 마음이 편해졌다.

"감사합니다!"

호검은 그를 따라 활짝 웃으며 인사를 하고 주방을 나왔다. 호검이 사장실을 나오자, 문 앞에는 재석이 기다리고 있었다.

"어떻게 됐어? 잘했어?"

재석이 궁금해 죽겠다는 듯 물었고, 호검이 대답을 하려는데 학수가 호검의 뒤를 따라 바로 사장실을 나왔다. 그는 재석을 발견하더니 한마디 했다.

"재석아, 공고 내려."

"네! 알겠습니다!"

재석이 그 말의 의미를 알아듣고 얼른 대꾸했다. 그리고 슬쩍 호검에게 오른손 엄지를 치켜세워 보였다.

학수는 재석에게 뒷정리를 부탁하고 먼저 식당을 나갔다. 재석은 호검에게 호들갑을 떨며 축하 인사를 했다.

"이야, 네가 된 거지? 축하해! 내가 너 아까 양파 썰고 나서 소리 질러서 얼마나 놀랐는 줄 알아? 근데 그보다 눈 감고 파 써는 거에 더 놀랐어! 하긴, 괜히 칼질의 달인이 아니지! 그리고 뭘 돌리는 건 또 언제 그렇게 양손으로 연습했대! 연습해서 되는 것도 신기하고. 아무튼 넌 정말 대단해!"

"고마워요, 형."

"천 사장님도 엄청 마음에 드셨나 봐. 바로 공고 내리라고 하시는 걸 보니 말이야. 아무튼, 같이 일하게 된다니 기쁘다, 정말!"

재석은 마치 자기 일처럼 기뻐해 주었다.

호검은 이제 집에 가려고 식당 밖으로 나왔다. 그는 그냥 가려다가 뒤를 돌아 로 중식당 〈아린〉의 간판을 올려다보았다.

"아린……. 이제 드디어 중국 요리를 배우게 되는구나. 천학수 셰프의 비밀 레시피도 알아낼 수 있겠지?"

호검은 설렘 가득한 표정으로 잠시 중식당 〈아린〉 건물을 훑어보다가 다시 발길을 돌렸다.

몇 발자국 걸어가던 호검은 무언가 생각난 듯 가방을 뒤지더니 휴대폰을 꺼냈다.

9. 환상의 호흡 I

　호검은 테스트를 보는 시간 동안 휴대폰을 꺼놨던 것이 생각났다. 그는 휴대폰 전원을 켜고 연락 온 것이 있는지 확인했다. 대출을 받으라는 광고 문자 하나 외에는 아무것도 없었다.

　"대출 안 받아요."

　호검은 혼잣말을 중얼거리며 휴대폰을 도로 가방에 집어넣었다. 그런데 가방에 휴대폰을 다시 넣자마자, 휴대폰이 울리기 시작했다. 수정이었다.

　"어, 수정아."

―지금쯤 테스트 끝났을 것 같아서 전화해 봤어. 테스트는 잘 본 것 같아?

"응. 바로 출근하래."

―뭐? 발표는 일주일 뒤쯤 난다더니?

수정이 놀라서 목소리가 커졌다.

"그러게. 어쩌나 보니 그렇게 됐어."

―오, 아무튼 축하해. 근데 그럼 내일부터 바로 출근하는 거야?

"아니. 이태리 요리 대회 끝나고서 출근하기로 했어."

―그래, 아무래도 그거 끝내고 가는 게 낫지. 잘됐다, 정말!

수정은 발랄한 목소리로 호검을 축하해 주었다.

"참, 우리 요리 대회 마지막 연습 해야 하잖아. 혹시 구정 때 하루만 시간 낼 수 있어? 평일엔 너 학원 때문에 많이 못하니까."

―응. 시간 내볼게. 이왕 나가는 거 열심히 해서 입상해야지!

"그래야지!"

호검은 〈아린〉에 채용 확정이 났으니 편하게 이태리 요리 대회를 준비할 수 있게 되었다.

*　　　*　　　*

며칠 후, 구정 연휴 마지막 날.

수정은 이태리 요리 대회 준비를 위해 아침 일찍 호검의 집으로 향했다. 수정은 호검의 집으로 가는 길에 마트에 들러 연습에 필요한 재료들을 한 아름 사서 호검의 집에 도착했다.

딩동 딩동.

"호검아! 나야, 수정이. 얼른 문 좀 열어봐!"

"어, 지금 나가!"

호검이 후다닥 방에서 뛰어 나와 현관문을 열었다. 문을 열자 양손 가득 장 본 재료들을 낑낑거리며 들고 있는 수정이 서 있었다.

"얼른 이리 줘."

호검이 수정의 손에서 재료들이 가득 든 봉지를 뺏다시피 받아들었다.

"밖에 춥지? 손 시렸겠다."

"엄마가 여기 앞까지 태워다 주셨어."

"아, 다행이네."

구정 연휴라 수정이네 기사 아저씨가 쉬시기 때문에 수정의 엄마가 직접 수정을 여기까지 차로 데려다준 것이다. 수정의 엄마는 수정이 요리 대회에 나가는 것을 적극 지지했다. 좋은 경험이 될 거라고 말이다.

호검은 수정이 사 온 재료들을 꺼내보며 빠진 것이 없는지 확인했다.

"다 사 왔네. 수고했어, 수정아. 근데, 이 비트는 뭐야?"

수정이 사 온 재료들 중에 필요하지 않은 비트가 함께 있기에 호검이 의아한 듯 물었다.

"아, 그거! 데커레이션에 좀 써볼까 하고 사 왔어."

"아하. 빨간색이라 데코로 사용하면 예쁘겠네."

그동안 레시피는 주로 호검이 짜고 수정은 데커레이션을 담당했다.

호검에게는 요리사의 돌이 있었고, 수정은 아무래도 여자이다 보니 섬세한 데커레이션을 잘했기 때문이다. 물론 수정은 데커레이션을 가미하면서 레시피를 조금씩 수정하기도 했고, 호검이 데커레이션 아이디어를 내기도 했다. 둘은 서로 더 좋은 레시피와 더 좋은 데커레이션을 만들어내려고 애를 써 왔다. 그리고 오늘은 최종적으로 레시피와 데커레이션을 확정하고, 접시 등 요리 대회 당일에 챙겨 갈 것들 목록을 작성할 계획이었다.

수정이 앞치마를 두르더니 채소들을 씻으면서 호검에게 물었다.

"우리 이거 총 5인분 만들면 되는 거지?"

"응."

"1시간 내에 안티파스토, 프리모, 세콘도, 돌체 이걸 각 다섯 접시를 다 만들 수 있을까?"

수정이 조금 걱정스럽게 묻자, 호검은 수정을 다독이며 말했다.

"그래서 오늘 연습하려고 잔뜩 사 왔잖아. 할 수 있어. 그리고 원래 실전 가면 초인적인 힘이 나와서 더 손이 빨라지거든."

수정이 사 온 재료가 한 아름이었던 것은 바로 이 때문이었다. 수정은 5인분을 모두 만들어보는 연습을 하기 위해 각 재료를 5인분씩 산 것이다.

"근데 이거 5인분 만들면 누가 다 먹지?"

수정이 걱정하는데, 갑자기 정국의 방문이 스르륵 열리며 정국이 얼굴을 쑥 내밀었다.

"나 있잖아. 내가 다 먹어줄게. 걱정 마셔!"

"깜짝이야. 조용하기에 너 어디 나간 줄 알았더니 방에 있었구나?"

"어, 안녕, 수정아. 나 좀 더 잘 테니까 이따가 요리 다 되면 깨워."

"알겠어. 더 자."

수정은 잠이 덜 깬 부스스한 모습의 정국을 보고 피식 웃으며 말했다. 호검은 자다가 어떻게 깨서 먹는 얘기는 들었는지 정국이 신기해서 웃음이 나왔다.

"하핫. 정국이 쟤는 귀가 밝아. 아무튼, 정국이 덕분에 맘 편히 5인분 만들어도 되겠다!"

이어서 수정이 또 호검에게 물었다. 수정은 최종 연습이니만큼 실전처럼 완벽히 연습해 보려고 미리 세부적인 것들을 꼼꼼히 정하려는 것이었다.

"우리 그럼 각자 두 가지 요리 맡아서 하면 될까? 아니면 전부 다 같이 만들어?"

호검과 수정은 지금까지 연습은 모든 요리를 함께 만들었다. 그리고 완성된 요리에 데커레이션을 어떻게 할지 연구했기 때문에 시간은 정확히 재보진 않았다.

"음, 그래도 따로 아예 요리 두 개씩 맡는 게 낫지 않을까? 먼저 다 완성한 사람이 다른 사람 도와주고 말이야."

호검이 냉장고에서 필요한 소스와 기본 양념들을 꺼내며 말했다.

"내 생각에도 일단 각자 맡은 요리가 있어야 할 것 같아. 음, 그럼 내가 안티파스토랑 프리모 맡을까?"

"아무래도 데커레이션이 많이 들어가는 게 안티파스토랑 돌체니까, 네가 이렇게 두 개를 맡는 게 좋을 것 같아."

호검이 수정이 데커레이션을 더 섬세하게 잘하니까 데커레이션이 꼭 필요한 안티파스토와 돌체를 받으라고 했다.

"그래? 그러지 뭐."

"그럼 내가 프리모랑 세콘도를 맡을게."

"아, 그런데, 바닷가재는 네가 회를 떠야 하는데……. 싱싱한 걸로 골라 오면 살아 있기도 해서 좀……."

수정은 바닷가재 회 뜨기가 살짝 자신이 없는 듯했다. 정확히 말하면 살아 있는 바닷가재를 잘라야 하는 게 겁이 나는 것 같았다.

"그러면, 바닷가재 회를 내가 뜰 테니까, 그동안 넌 리가토니 안에 채울 재료들을 다져서 섞어줘. 그것만 서로 바꿔서 하는 거지. 어때?"

"좋아! 아참, 근데 이번에 참가하는 팀이 몇이나 되는지 알아?"

수정의 궁금증은 끝이 없었다.

"잘 모르겠어. 가보면 알겠지. 근데 우리가 한 중반쯤 신청해서 40번대니까, 흠, 아마 80팀은 넘지 않았겠어?"

"후우. 경쟁률이 너무 세겠다."

"경쟁이라고 생각하지 말고 그냥 요리를 하나 완성한다고만 생각해. 그럼 한결 마음이 편할 거야. 처음 대회 나가는 건데 너무 부담 갖지 말고."

"알았어. 고마워. 그래도 너랑 같이 첫 대회 나가니까 마음도 놓이고 좋다. 나 혼자는 못 나갈 건데 말이야."

"난 네가 같이 나가준다고 해서 고마워. 우리 잘해보자."

"그래! 파이팅!"

잠시 후, 둘은 접시도 한쪽에 가져다 놓고 필요한 재료들을 씻고 다듬어서 준비해 두었다.

재료들이 모두 준비되자, 수정과 호검은 시작 시간을 확인하고 함께 외쳤다.

"자, 시작!"

그들은 스스로 시작을 외치고 곧바로 요리에 들어갔다.

스윽. 스윽.

착착착착착.

다다다다닥. 다다다다닥.

치이이익. 치이이익.

둘은 각자 맡은 요리를 하느라 아무 말도 하지 않았고, 주방에는 칼질 소리와 고기 굽는 소리, 토마토소스 냄새와 고기 굽는 냄새, 빵 굽는 냄새만 진동했다.

호검과 수정이 5인분의 요리를 모두 완성하는 데 1시간이 조금 넘게 걸렸다.

"음, 좀 더 빨리 해야겠다. 그치?"

"뭐, 이 정도면 실전에서는 더 빨리 할 수 있을 거야. 근데 너 데커레이션 비트로 안 해봐?"

"리가토니 크림에 비트 물을 들일까? 그럼 핑크색이 될 텐데! 난 핑크색 좋은데, 맛있어 보이진 않으려나……?"

"한번 해봐. 어떤가 보게."

호검의 말에 수정이 비트 즙을 조금 내서 크림소스에 섞어
보았다.

"와, 이거 완전 딸기우유색이네."

"그냥 이렇게 보기엔 뭐, 이쁜 것 같은데, 여기 리가토니에
부어봐."

수정이 비트 크림소스를 리가토니에 부어보았다.

"음……"

"흠……"

수정과 호검 둘 다 썩 마음에 드는 눈치는 아니었다. 그런
데 그때, 정국이 방에서 나오더니 비트 크림소스 리가토니를
보더니 한마디 했다.

"뭔가, 식욕이 그렇게 당기진 않는데, 그거. 난 핑크색 별로
다."

정국은 그렇게 말하고는 바로 화장실로 들어가 버렸다. 정
국의 말에 호검과 수정은 서로 마주 보며 고개를 끄덕였다.

"응, 이쁘긴 이쁜데……. 좀 그렇다."

"맞아."

"그럼 이건 어때?"

호검이 갑자기 아이디어가 떠올랐는지 숟가락을 들더니 핑

크색 비트 크림소스를 조금 떠서 원래 만들어둔 하얀 크림소스 리가토니 위에 조금만 뿌렸다.

"이렇게 포인트로 살짝 섞는 건?"

"오, 괜찮다! 그래! 전체 다 핑크색은 좀 부담스러워. 그 정도면 됐어. 음, 그리고, 안티파스토에 빨간색이 없으니까 이걸 채 썰어서 좀 꾸미면 좋을 것 같아. 내가 해볼게."

수정은 비트를 잘라서 곱게 채를 썰기 시작했다. 호검도 그녀의 옆에서 남은 비트로 데코에 쓸 무언가를 만들었다. 수정은 비트 채를 썰어서 이렇게도 해보고 저렇게도 해보고 여러 가지 데커레이션을 해보았다.

"호검아, 이거 어때? 실타래처럼 그냥 이렇게 모아놓을까?"

수정이 고개를 갸웃거리며 호검에게 물었는데, 호검은 수정을 등지고는 가만히 서 있었다.

"야, 너 왜 뒤돌아 있어? 이거 좀 보고 의견 좀 말해봐. 응?"

수정이 호검에게 다가가서 그의 팔을 잡고 돌렸다. 그런데 그때, 호검이 휙 돌면서 수정에게 자기가 조각한 비트를 스윽 내밀었다.

"짠! 선물이야."

"어머! 너무 이쁘다! 대박!"

호검이 내민 건 비트를 카빙해서 만든 장미꽃이었다. 수정은 카빙은 잘 못 했기 때문에 비트를 카빙해서 만든 장미꽃이 신기하기도 하고 예쁘기도 했다. 수정은 장미꽃을 얼른 받아들고 한참을 구경하다가 이윽고 고개를 들어 호검을 지그시 바라보았다. 호검도 비트 장미를 보며 좋아하는 수정을 뿌듯하게 바라보다가 고개를 든 수정과 눈이 딱 마주쳤다.

"으음……."

수정의 얼굴이 점차 비트색으로 물들어갔고, 호검도 심장이 두근대기 시작했다.

'다가갈까 말까?'

호검이 살짝 고민하는 찰나, 정국이 화장실에서 나왔다.

"뭐 해, 둘이?"

정국이 젖은 머리카락을 수건으로 털며 물었다. 정국의 등장에 둘은 당황해서 몸을 홱 돌렸고다.

"어, 상의하는 거야. 데커레이션 상의."

"상의? 좋지. 계속해."

"아, 정국아, 너 와서 이거 좀 먹어. 네가 아까 다 먹어준댔잖아."

수정이 호검과 뭔가 어색한 분위기가 된 것 같아 정국을 불렀다.

"알았어. 또 내가 맛을 봐줘야지. 하하."

정국은 얼른 식탁으로 와서 음식을 맛보기 시작했다.

'아, 이 눈치 없는 자식!'

호검은 살짝 정국에게 눈을 흘겼다. 정국은 그런 호검의 마음을 아는지 모르는지 요리를 신나게 먹더니 감탄하며 말했다.

"와, 맛있다! 이거 뭐야? 완전 기절하게 맛있는데?"

정국은 게 눈 감추듯 요리들을 먹어치웠다. 물론 수정과 호검은 이미 맛을 다 보고 맛있다고 생각해서 이 레시피로 요리를 하는 것이었는데, 정국이 맛있어하니 그들은 왠지 모르게 안심이 되는 것 같았다.

수정과 호검은 그날 늦게까지 최종 연습을 했고, 수정은 호검이 준 비트 장미가 너무 예쁘다며 비닐봉지에 고이 넣어 집으로 가져갔다.

그리고 시간은 빠르게 흘러 대망의 이태리 요리 대회 날이 되었다.

*　　　　*　　　　*

"호검아, 이거 다 챙긴 거야?"

정국이 커다란 아이스박스를 열어보며 호검에게 물었다. 정국은 아르바이트에 가기 전에 호검이 대회에 필요한 재료를 챙기는 것을 도와주고 있었다.

"응. 그거 닫아서 현관 앞에다 가져다 놔줄래?"

호검은 플라스틱 박스에 오늘 쓸 접시들을 담으며 정국에게 부탁했다.

"알았어."

"거의 다 챙긴 것 같은데……."

호검이 접시와 수저, 조리 기구 등을 모두 챙긴 후 안 챙긴 것이 있나 식탁과 조리대 위를 훑어보았다. 그러고는 대회에 필요한 재료와 물품을 적은 메모를 쭉 읽으며 다시 한번 확인했다.

"다 챙겼다!"

호검은 플라스틱 박스를 현관으로 가져갔다. 그리고 다시 방으로 가서 가방을 챙겨 어깨에 둘러메는데 수정에게서 전화가 왔다.

"어, 수정아. 다 왔어?"

―응! 너네 집 앞이야. 빨리 내려와!

"알았어. 지금 내려갈게."

호검은 후다닥 가방을 메고 플라스틱 박스 두 개를 양손에 들었다. 정국은 호검을 도와 아이스박스를 수정의 차까지 옮겨주었고, 파이팅을 외쳐주었다.

"둘 다 잘하고 와. 호수 팀 파이팅!"

"호수 팀?"

"너희들 이름 '호검', '수정'의 앞 글자를 따면 '호', '수' 맞잖아! 그럼 뒷 글자로 검정 팀이라고 해줄까? 오, 검정 팀도 괜찮네? 하하."

"아, 하하하. 좋네, 호수!"

"그렇네! 아무튼 잘하고 올게. 이따 저녁에 봐!"

수정과 호검이 뒷좌석 창문을 열고 정국에게 손을 흔들었다.

수정과 호검은 대회장으로 가는 차 안에서 그들이 만든 레시피와 순서를 되뇌었다. 대회는 오전 10시 30분에 시작이었는데, 호검과 수정은 30분 일찍 대회장에 도착했다.

대회장은 박람회 전시장에서 열렸는데, 도착해서 박람회장으로 들어서니 하얀색 가벽으로 각 팀별 조리 부스를 쭉 만들어놓은 상태였다.

"와, 참여자들이 이렇게 많아?"

수정이 눈이 휘둥그레져서 대회장을 쭉 훑어보았는데, 부스가 대충 보아도 100여 개는 되어 보였다. 부스 말고도 벌써 수많은 참가자들이 와서 미리 조리 준비를 하고 있었다.

"그러게. 정말 많네. 우리가 45번이니까, 저쪽 어딘가겠다. 가자!"

부스는 박람회장 가장자리로 빙 둘러서 마련되어 있었고, 부스의 오른쪽 상단에는 번호가 붙어 있었는데, 입구에 가장 가까이 있는 오른쪽 부스가 1번이었다. 호검과 수정은 그 번

호를 확인하면서 45번 자리를 찾아갔다.

"여기다!"

부스에는 조리대와 싱크대, 화구 세 개, 작은 냉장고, 작은 오븐이 놓여 있었다. 조리대 앞쪽으로는 완성된 요리를 놓을 천이 깔린 작은 테이블이 있었다. 호검은 가장 먼저 아이스박스에 담아 온 신선한 식재료들을 냉장고에 넣었다. 그리고 조리복으로 옷을 갈아입었다.

"아, 진행 부스 가서 요리 이름이랑 설명 주고 올게."

수정이 가방과 재료가 담긴 짐을 내려놓고는 다시 부스를 나서며 호검에게 말했다.

"응. 난 여기 세팅해 놓을게. 얼른 갔다 와."

참가자의 조리 부스들이 줄지어 있는 코너에 진행 부스가 따로 마련되어 있었는데, 진행 부스에 있는 안내 요원에게 요리의 이름과 설명을 알려주면 프린트를 해서 완성된 요리 앞에 놓을 카드를 만들어주는 것이다.

수정은 요리 이름과 설명을 전달해 주고 다시 부스로 돌아왔다. 수정과 호검은 조리하기 편하도록 냄비와 팬, 도마 등을 편한 자리에 세팅했다.

호검이 가져온 양념들을 꺼내 놓으려고 허리를 구부려 플라스틱 박스를 뒤지고 있는데, 한 남자가 다가와서 호검과 수정의 부스를 기웃거렸다. 호검은 뒤돌아 허리를 구부리고 있어서 그를 보지 못했는데, 수정이 그를 발견하고 웃으며 인사를 건넸다.

"Hello!"

"Oh, hello! Is he 호검?"

영어로 대화하는 소리에 호검이 벌떡 일어나 뒤를 돌아보았다.

"엇! 마테라치!"

호검이 반갑게 그의 이름을 불렀다. 호검과 수정의 부스를 찾아온 사람은 바로 주한 이탈리아 대사 마테라치였다. 마테라치가 행사 시작 전 부스를 돌아다니다가 호검을 발견하고 잠깐 격려 인사를 하려고 한 것이다.

"안녕하세요."

마테라치는 유창한 한국말로 인사를 했다. '안녕하세요' 발음이 굉장히 좋았기에 호검은 마테라치가 한국어를 열심히 공부했나 보다고 생각했다.

"어? 발음이 엄청 좋으시네요! 잘하신다!"

"What?"

사실 마테라치는 '안녕하세요' 같은 간단한 말만 유창하게 할 줄 알았고, 한국어로 회화는 잘 못 했다. 그래서 호검이 하는 한국말을 못 알아듣고 영어로 되물었던 것이다.

"아하하. Good! Very good!"

호검이 대충 아는 단어로 뜻을 전달했다. 그러자 마테라치는 활짝 웃으며 호검에게 손을 내밀었고, 둘은 악수를 하며 간단한 인사를 했다. 이어 호검이 짧은 영어로 수정을 소개했다.

"Um⋯ This is 수정. We are a team."

마테라치는 당연히 한 부스에 있으니 이미 둘이 한 팀이라는 걸 알고 있었다. 그리고 수정도 호검에게 전해 들어서 마테라치를 알고 있었다. 마테라치가 먼저 수정에게 인사를 건넸다.

"Oh, Nice to meet you, 수정. You're so beautiful!"

마테라치는 수정을 보자마자 아름답다며 칭찬을 했고, 수정은 수줍게 웃으며 답했다.

"Thank you. Nice to meet you, too."

그러더니 수정은 꽤 유창한 영어로 마테라치와 몇 마디 대화를 주고받더니, 곧 이태리어로 대화를 주고받았다. 호검은 수정이 영어도 잘하고 이태리어도 잘하자 깜짝 놀랐다.

'와, 영어도 잘하고, 이태리어도 잘하는데? 근데 무슨 말 하는 거지⋯⋯.'

마테라치는 수정과 신나게 웃으며 대화를 나누더니 곧 호검에게 다시 와서 슬쩍 귓속말을 하고 사라졌다. 마테라치가 가고 나자 호검이 수정에게 물었다.

"수정아, 너 영어도 잘하고, 이태리어도 잘하더라! 언제 배웠어?"

"아, 영어는 캐나다에서 어학연수 좀 해서 그렇고, 이태리어는 여행만 좀 다녀왔는데, 내가 이태리 요리에 관심이 많다 보니까 언어에도 저절로 관심이 생겨서 공부 좀 했어."

"와, 대단하다, 너. 나도 공부 좀 해야겠다. 참, 근데 마테라치가 뭐래?"

"자기가 심사를 하긴 하지만 공정하게 할 거니까 실력 발휘를 제대로 해보라던데? 그리고, 나중에 이태리 자기 집에 놀러 오라고. 너랑 같이."

"나랑 같이?"

"응. 근데 아까 마테라치가 가면서 너한테 귓속말로 뭐랬어?"

"으음, 뭐… 파이팅하라고."

"그 앞에 뭐라고 한 것 같은데……?"

"별거 아냐. 얼른 준비하자."

호검은 대충 말을 얼버무렸다. 사실 마테라치는 호검에게 'girl-friend'냐고 슬쩍 물었는데, 호검이 'Not yet'이라고 대답했기에 수정에게는 비밀로 한 것이었다.

"으흠?"

"아, 칼은 여기에 두고, 접시들은 저기에 두고……."

수정이 뭔가 께름칙하게 호검을 쳐다보자 그는 더 분주하게 움직이는 척했다.

잠시 후 10시 30분이 되자, 행사가 시작되었다. 부스들은 사각형을 이루며 줄지어 있었는데, 가운데의 빈 공간에는 의자들과 단상이 준비되어 있었다. 단상 위로 사회자가 올라와서 이태리 요리 대회의 규칙과 심사 기준 등을 설명했다.

"오늘 대회는 주한 이탈리아 대사관이 주관하는 대회로, 2인 1조가 한 팀이 되어 이태리 요리의 기본 코스, 안티파스토, 프리모 피아또, 세콘도 피아또, 돌체 이렇게 네 가지 요리를 1시간 내에 완성하셔야 합니다. 각각 다섯 접시씩 만드셔야 하며, 심사 기준은 청결, 조리 과정의 전문성, 데커레이션, 맛 이렇게 네 가지를 기준으로 평가하게 됩니다. 심사위원분들이 돌아다니면서 여러분의 조리 과정을 계속 지켜볼 것입니다. 그럼 심사위원단을 소개하겠습니다."

심사위원은 주한 이탈리아 대사와 대사 부인을 포함한 이탈리아인 다섯 명과 한국인 셰프 다섯 명, 총 열 명이었다. 사회자는 그들을 각각 간단히 소개했고, 주한 이탈리아 대사는 짧게 오늘 대회의 취지와 참가자들에게 감사 인사를 전했다.

대회 전 행사가 간단히 끝나고 10시 50분쯤 참가자들은 각자의 부스로 돌아갔고, 진행 요원들은 요리의 이름과 간단한 설명을 적은 카드를 팀별로 가져다주었다.

호검과 수정 팀의 요리 이름들은 바닷가재 카르파치오, 금화파스타, 레이어 스테이크, 리코타로즈파이였다. 호검과 수정은 이름과 설명이 제대로 나왔는지 확인한 후 조리대 앞쪽에 준비된, 완성 요리를 놓는 테이블의 메모 꽂이에 이 카드들을 미리 꽂아두었다.

정각 11시가 되자 마침내 사회자는 큰 소리로 대회 시작을 알렸다.

"2007년 이태리 요리 대회를 시작하겠습니다! 요리를 시작해 주세요!"

대회가 시작되자, 참가자들은 신속히 움직이기 시작했다. 요리 대회에 참가하는 사람들이 아닌 구경 온 사람들은 가운데 놓인 의자에 앉아서 참가자들을 구경했고, 심사위원들은 채점표를 들고 부스들 앞을 지나다녔다.

제일 먼저 호검은 바닷가재를 꺼내 대가리를 잘라냈다. 호검은 꼬리와 배 부분의 껍질이 잘 떨어지도록 칼집을 넣은 다음 배 껍질을 벗겨냈고, 그다음 손가락을 등껍질과 살 사이에 넣어 살을 조심스럽게 뜯어냈다. 그리고 먹음직스러워 보이는 탱글탱글한 살을 바로 차가운 얼음물에 잠시 담가두었다.

그사이 옆에서 수정은 레몬를 꺼내 반달 모양으로 얇게 슬라이스하고 있었다. 수정은 둥근 접시를 꺼내 얇게 썬 반달 모양의 레몬 세 개를 접시 한가운데에 바람개비처럼 놓았다. 총 다섯 접시가 준비되어야 하기 때문에 그녀는 다른 둥근 접시 네 개에도 똑같이 레몬을 바람개비 모양으로 플레이팅했다. 접시 다섯 개에는 노란 레몬 바람개비가 예쁘게 자리 잡았다.

호검은 바닷가재 살을 잠시 담가두는 동안 파스타 재료로 쓸 대하를 꺼내 껍질을 까기 시작했고, 수정은 아보카도를 꺼내 납작한 네모 모양으로 잘라둔 후 곧 카르파치오에 뿌릴 소스를 준비했다.

바닷가재 카르파치오에는 세 가지 소스가 뿌려지는데, 하나는 마요네즈와 레몬즙을 섞어 만든 하얀색 소스, 다른 하나는 검정색 발사믹 소스, 그리고 마지막 하나는 비트로 만든 붉은색 소스였다. 백과 흑, 적색의 조화였다.

"우리 바뀐 레시피 안 잊었지?"

"응. 비트 소스가 안티파스토로, 치즈바스켓이 프리모로. 맞지?"

"맞아."

원래 마지막 연습 때 붉은색 비트 소스를 프리모 피아또인 파스타에 데커레이션으로 하려고 했었는데, 갑자기 그저께 호검이 요리 색깔의 통일성을 주는 게 좋을 것 같다며 프리모 피아또를 노란색으로 가자고 연락을 했었다. 그러면서 파르미지아노 레지아노 치즈로 만드는 치즈 바스켓을 프리모에서 사용하고, 붉은색 비트 소스를 안티파스토에 사용해서 알록

달록하게 포인트를 더 강하게 주자고 새로운 의견을 냈다. 호검과 수정은 부랴부랴 어제 다시 만나서 레시피도 수정하고, 그에 맞게 데커레이션도 조금 수정하게 된 것이다.

수정은 소스를 다 만들고 나서 얼음물에 담가져 있던 바닷가재 살을 꺼내 도톰하고 먹기 좋게 슬라이스해 놓았고, 루꼴라도 적당한 크기로 잘라두었다. 안티파스토는 익히고 볶고하는 일이 없으니 신선한 재료들을 따로 준비해 두었다가 막판에 플레이팅을 할 계획이었다.

호검과 수정이 분주하게 움직이고 있는 가운데, 구경을 온 사람들은 그들의 부스 앞에서 카드에 써진 요리 이름을 보고 호기심을 보였다.

"금화파스타? 금화파스타는 뭘까? 어떻게 만들지 되게 궁금하네, 이 팀."

"레이어 스테이크는 또 뭐지? 리코타로즈파이는 장미꽃을 넣은 건가?"

요즘은 식용 장미꽃도 있기 때문에 사람들은 리코타와 식용 장미가 들어간 파이라고 생각하는 듯했다.

"이 팀은 바닷가재 카르파치오밖에는 모르겠어. 다른 거 만들면 와서 봐야지!"

사람들은 이미 호수 팀의 요리가 요리 이름에서부터 색다르다고 느끼는 것 같았다. 수정은 그런 반응을 듣고 호검에게 살짝 눈짓을 했다. 그저께 레시피를 조금 수정하길 잘했다는 의미였다. 호검도 수정의 눈빛만으로도 알아듣고는 미소를 지으며 고개를 까딱했다.

"아, 나 치즈 바스켓 만들 테니까 네가 여기 새우 내장 좀 빼고 다져줄래?"

"알았어."

수정이 안티파스토 준비를 모두 마쳐놓았기에 호검의 도마로 와서 그의 칼을 집어 들었다.

*   *   *

수정은 호검의 칼을 들었고, 호검은 파르미지아노 레지아노 치즈 가루와 팬을 들었다.

호검은 치즈 바스켓을 만들기 위해 팬에 미리 갈아놓은 파르미지아노 레지아노 치즈를 골고루 뿌렸다. 팬 전체 바닥에 치즈를 골고루 뿌린 후 호검이 불을 켰고, 약한 불로 팬을 달구자 서서히 치즈가 녹아 서로 붙었다.

팬 바닥의 치즈가 다 녹아서 하나의 동그랗고 납작한 형태가 되자 호검은 얼른 불을 끄고 곧바로 팬을 들고 싱크대로 향했다. 그는 치즈가 붙어 있는 팬을 홱 뒤집어 바닥 면을 수도꼭지 바로 밑에 가져다 대고 물을 틀었다.

치지지직—

뜨겁게 달궈진 팬에 차가운 물이 닿으면서 연기가 피어올랐고, 몇 초 후 호검은 얼른 다시 팬을 뒤집어서 한쪽 조리대로 재빨리 가져왔다. 그는 나무젓가락으로 치즈의 가장자리를 살살 긁어 팬에서 치즈를 떼어내었다. 치즈는 아직 따뜻하고 말랑말랑한 상태였는데, 호검은 치즈의 형태를 그릇 모양으로 잡아주기 위해 뒤집어놓은 그릇에 이 둥글고 얇은 치즈를 얹었다.

그러자 치즈는 그릇 모양대로 축 처지며 그릇의 형태가 되었다. 이대로 몇 초만 지나면 치즈가 이 형태 그대로 굳어서 그 안에 무엇을 담을 수 있는 치즈 바스켓이 완성되는 것이다. 이 과정은 재빨리 하지 않으면 치즈가 금방 굳어 형태를 만들 수 없게 되기 때문에 빠른 동작이 필수였다. 하나가 완성되자, 호검은 다음 치즈 바스켓을 만들려고 치즈를 팬에 다시 고루 뿌리기 시작했다.

심사위원이라는 명찰을 단 사람들은 이리저리 돌아다니며 조리 과정을 심사하고 있었는데, 그중 한국인 셰프 두 명이 호수 팀의 부스로 왔다가 마침 치즈 바스켓을 만드는 호검을 보았다. 그들은 호검의 능숙한 손놀림을 유심히 보다가 고개를 끄덕이며 옆 쪽 부스로 옮겨 갔다.

한편, 수정은 호검이 껍질을 다 벗겨놓은 새우의 내장을 빼내고 있었다. 그녀는 칼을 도마와 수평이 되게 들고 새우의 등 쪽에 칼집을 넣고 있었는데, 갑자기 수정이 낮은 신음을 냈다.

"아아!"

동시에 그녀는 탁 하고 칼을 도마에 내려놓았다.

10. 환상의 호흡 II

호검이 수정의 신음에 가스 불을 켜려다가 멈추고 그녀를 쳐다보았다. 그녀는 자신의 왼쪽 검지를 오른손으로 감싸 쥐고 있었다.

"수정아, 왜 그래? 베였어?"

"으, 조금. 칼이 너무 잘 드네⋯⋯."

호검이 얼른 수정에게 달려와서 말했다.

"아⋯ 내가 어제 칼을 갈아서 그런가 봐. 괜찮아? 많이 다쳤어? 어디 봐봐."

호검이 보니 수정의 왼손 검지 손톱 바로 밑에서 새빨간 피가 배어 나오고 있었다.

"으, 아프겠다."

"많이 베이진 않았어, 다행히."

"그래도 요리하다가 닿으면 따가울 텐데……."

"괜찮아, 이 정도쯤이야."

수정이 괜찮다는 듯 미소를 지어 보였다. 그러다 금방 살짝
미간을 찌푸리며 걱정스럽게 말을 이었다.

"근데 심사위원들이 못 봤겠지?"

"응, 방금 옆 부스로 가서 못 봤을 거야. 음……. 잠깐만."

호검은 수정에게 걱정 말라며 다독이더니 무슨 생각이 났
는지 자기 짐을 뒤지기 시작했다. 호검은 가위로 뭘 슥 자르더
니 수정에게 가져왔다.

"다친 손가락 내밀어봐."

"어? 왜? 약 바르면 안 돼."

"알아. 그냥 살짝 뭐 닿지만 않게 해주려고 그래."

수정은 뭐 어떻게 하려고 하나 의아해하며 손가락을 내밀
었다. 그러자 호검은 수정의 검지손가락 끝에 골무 같은 모양
의 비닐을 씌워주었는데, 그 안에는 천이 조금 들어 있었다.

"오? 너 이거 어떻게 만든 거야?"

"위생 장갑 끝부분 잘랐어. 이 안에 천은 우리 행주 잘라서
넣은 거고."

호검이 비닐이 고정되도록 손가락에 묶어주며 말했다.

"너 센스 있다? 호호. 고마워."

"별말씀을!"

"으아, 나 때문에 시간 많이 까먹었다. 어떡해! 빨리 하자!"

"내가 두 배로 빨리 움직일게. 걱정 마. 참, 내 칼 잘 드니까
조심하고."

호검은 수정에게 응급처치를 해주고 나서 얼른 나머지 치
즈 바스켓을 만들러 갔다. 수정도 금방 남은 새우 내장을 뺀
다음 새우를 다지기 시작했다. 그리고 이어 프로슈토햄과 애
호박도 다졌다.

"물 끓는다! 수정아, 리가토니!"

"봤어. 안 그래도 지금 넣으려고."

치즈 바스켓을 만들던 호검은 손을 멈출 수가 없어서 수정
을 불렀는데, 수정은 이미 리가토니를 들고 냄비로 다가가고
있었다. 그녀는 리가토니를 끓는 물에 넣고 타이머를 눌렀다.

"이거 다 다졌어. 섞어둘게. 난 리코타 치즈 만든다!"

"오케이. 나도 치즈 바스켓 완료! 이제 나 세콘도 들어간
다!"

둘은 때로는 각자, 때로는 서로 도와가며 요리를 완성해 나
갔다.

"근데, 옆 참가자들은 뭐 만들고 있을까?"

수정이 리코타 치즈에서 물기를 짜내다가 호검에게 궁금하다는 듯 물었다.

"그러게. 나도 궁금하네. 이따가 완성하고 발표 전에 구경할 시간 있을 거야."

다른 요리 대회는 부스로 나누어져 있지 않고 앞뒤 양옆이 다 보이는 커다란 주방 같은 곳에서 열리기 때문에 다른 참가자들이 무엇을 하는지 다 알 수 있었는데, 이번 대회는 벽으로 아예 다 막혀 있으니 호검도 굉장히 궁금했다. 가끔 구경 다니는 사람들의 대화로 다른 팀들의 메뉴 몇 가지를 짐작해 보는 것이 다였다.

"7번 팀 돌체 봤어? 블루베리 티라미수를 만들었는데, 7 자 모양으로 만들었더라고."

"그래? 난 저쪽에서 무슨 알파벳 모양 파스타 봤어. 아예 그런 파스타가 나오나 봐. 귀엽더라."

사람들은 이런저런 대화를 나누면서 부스들을 구경했고, 가끔 참가자들에게 질문을 하기도 했다.

"다들 데커레이션에 엄청 신경 쓰네. 와, 여기 이거 뭘로 이렇게 만든 거지? 노란 바구니 모양이네."

"그냥 원래 이런 모양이 나오는 거 아냐? 아이스크림콘처럼 말이야."

"그런가? 저, 이거 뭘로 만드신 거예요?"

궁금한 걸 못 참는 한 남자가 한쪽에 모아둔 치즈 바스켓을 가리키며 호검에게 물었다. 그러자 주변에 모여 같이 구경하던 다른 사람들도 그게 궁금했었던 모양인지 다들 호검을 쳐다보았다.

"치즈요. 치즈 바스켓이에요."

호검이 웃으며 대답하자, 사람들은 대단하다는 듯 눈을 동그랗게 뜨고 고개를 끄덕였다.

"오, 치즈로요? 지금 직접 만드신 거죠?"

"네."

"치즈로 만드신 거면, 먹을 수 있는 거네요?"

"그럼요."

"근데 무슨 치즈……?"

남자가 계속 질문을 하려 하자 질문을 한 남자의 친구가 그를 말렸다.

"그만 물어봐. 바쁘신데! 근데, 신기하다……."

질문을 한 남자는 멋쩍게 웃으며 호검에게 말했다.

"아, 미안합니다. 치즈로 만든 그릇이라니 멋지네요! 오늘 좋은 결과 있으시길 바랍니다!"

"감사합니다. 하하하."

호검은 치즈에 대해 설명해 주고 싶었으나, 파르미지아노 레지아노라고 설명하기 시작하면 그게 일명 파마산 치즈라고 불리는 거고, 그냥 피잣집에서 뿌리는 것과는 다른 것이라는 둥 설명이 길어질 수밖에 없어서 일단 그냥 감사 인사만 전했다.

시간은 점점 흘러가고 호검과 수정의 손놀림도 후반부로 갈수록 점점 더 빨라지고 있었다. 수정이 사과를 잘라 장미 모양을 만들면서 호검에게 물었다.

"몇 분 남았지?"

"10분 정도?"

"스테이크 거의 다 했어?"

"응. 한 접시만 더 담으면 돼."

호검이 레이어 스테이크를 접시에 담으며 대답했다. 그리고 그때, 갑자기 진행자가 나타나더니 마이크에 대고 소리쳤다.

"10분 남았습니다!"

마지막 5분 정도 남았을 때, 호수 팀의 세콘도 피아또인 레이어 스테이크와 돌체인 리코타로즈파이는 모두 완성된 상태였고, 이제 안티파스토와 프리모 피아또인 파스타만 담아내면 되었다. 수정은 안티파스토를 접시에 예쁘게 놓기 시작했고, 호검은 치즈 바스켓 안에 금화파스타를 담아냈다.

"다 됐다!"

호검이 금화파스타를 완성하고 말했다. 호검의 말에 수정이 안티파스토에 소스로 마무리를 하다가 그를 잠시 쳐다보았다.

"다 했어?"

"응."

"아참, 내가 금화파스타 데커레이션용으로 뭐 가져왔는데……."

"뭔데?"

"잠깐만. 이거 거의 다 했어."

수정은 호검에게 잠깐 기다리라더니 소스를 뿌리는 손을 더 빨리 움직였다.

"마지막 1분 남았습니다!"

진행자의 우렁찬 목소리가 다시 들렸다.

"완성. 끝!"

수정은 완성을 외치더니 후다닥 자신의 가방으로 달려가서 화장품 병 같은 걸 꺼내 호검에게로 돌아왔다.

"이거. 빨리! 시간 없으니까 같이 올리자."

"이게 뭐야?"

수정이 내민 투명한 화장품 병 안에 반짝반짝 빛나는 황금색이 보였다.

"식용 금가루."

"헉. 진짜? 금이라고?"

호검이 놀라 소리치자, 수정은 금가루가 담긴 병뚜껑을 열며 말했다.

"응! 일단 빨리 올려."

"알았어."

수정과 호검은 핀셋을 가져와서 금가루를 집어서 금화파스
타의 가운데에 조금씩 올렸다.

"자, 10초, 9초, 8초……."

진행자가 마지막 10초 카운트다운을 시작했다.

마지막 몇 초를 남기고 수정과 호검은 모든 요리를 완성했
다.

"휴우. 다 했다."

둘은 핀셋을 내려놓으며 안도의 한숨을 내쉬었고, 곧 진행
자가 대회 시간이 끝났음을 알렸다.

"자, 모든 참가자들은 동작을 멈춰주시고, 완성된 요리를 각
부스 앞 테이블에 놓아주시기 바랍니다. 모두 수고하셨습니
다. 자, 심사위원분들 심사해 주세요!"

호검과 수정은 1시간 내내 서서 요리를 했고, 이제야 의자
에 잠시 앉아서 쉬었다.

"수고했어, 수정아."

"너도. 호호호."

다 끝나고 나자 수정은 홀가분한 듯 환하게 웃었다. 그리고
호검은 아까 미처 하지 못한 질문을 이었다.

"근데, 너 금가루는 어디서 났어?"

"왜? 훔쳤을까 봐? 큭."

수정이 장난스럽게 되물었다.

"아니, 그런 게 아니라. 내 말은, 그런 생각을 어떻게 했냐는 거지."

호검은 부자가 아니어서 그런지 비싼 금을 데커레이션에 쓸 생각은 해본 적이 없었다.

"최근에 어디 외국 프로그램에서 봤어. 금가루 쓰는 거. 근데 사실 나도 그걸 해볼 생각은 없었는데, 우리 엄마가 오늘 아침에 주시더라고. 호호호."

"어머니가?"

"응. 그 금가루 데커레이션이 나온 프로그램을 엄마랑 같이 봤었거든. 내가 우리 레시피랑 제목이 이렇게 바뀌었다고 엄마한테 막 얘기 했더니, 엄마가 어디서 구해 오셨나 봐."

"와! 너 어머니 닮았구나? 너도 데커레이션 잘하는데, 어머니도 감각 있으시네!"

호검이 수정과 어머니를 동시에 치켜세웠다.

"에이, 아니야."

수정은 아니라며 손사래를 쳤지만, 이미 얼굴엔 한가득 미소가 번져 있었다.

"근데 금가루 비싸지 않아?"

"나도 정확히 얼마인진 몰라. 근데 뭐, 비싸겠지. 금이니까.

비싼 건데, 먹어볼래?"

수정이 호검에게 금가루 병을 내밀었다.

"아니야. 내 배 속에 들어가면 뭐해, 아깝게. 맛있는 거도 아닐 텐데. 아닌가? 맛있을 수도 있나?"

"나도 안 먹어봐서 몰라. 그럼 요만큼만 먹어보자."

수정이 호검에게 금가루를 깨알만큼 떼어주었다. 그리고 자기도 깨알만큼의 금을 입에 쏙 넣었다. 호검도 맛이 궁금했기에 수정에게서 금가루를 받아먹었다.

"으음."

"맛이 어때?"

수정이 금을 맛보려고 입을 오물거리며 호검에게 물었다.

"나, 미각을 잃었나 봐. 아무 맛도 안 나."

"호호호. 나도 아무 맛 안 나는데? 그럼 나도 미각을 잃은 거야? 자, 이거 먹어봐."

수정이 소금을 조금 집어 호검의 입에 넣어주었다.

"아, 짜."

"너 미각 안 잃었네! 식용 금은 원래 아무 맛도 안 나나 봐."

"그런가? 금가루는 그냥 데커레이션으로 쓰는 거구나!"

"그런가 봐."

"그래도 금 먹으니까 뭔가 부자가 된 거 같다. 하하하. 덕분에 잘 먹어봤어."

"아, 우리 이제 좀 쉬었으니까 여기 나머지 정리 좀 할까? 심사위원들 오려면 좀 걸릴 테니까 말이야."

그사이 외국인 심사위원 한 명과 한국인 심사위원 한 명이 짝을 지어 참가자들의 출품 요리를 채점하고 있었다.

대회를 구경하러 온 사람들도 심사위원들을 졸졸 따라다니면서 완성된 요리들을 구경했다.

잠시 후, 수정과 호검이 주변 정리를 거의 다 마쳤을 때, 심사위원 주한 이탈리아 대사 부인과 한국인 셰프 한 명이 호수팀의 부스로 다가왔다.

"레이어 스테이크? 여기서 레이어는 층을 말하는 건가요? 겉보기엔 이름이 왜 레이어 스테이크인지 모르겠는데⋯⋯."

한국인 셰프가 지적하자, 호검이 옆에 있던 나이프를 들었다.

"그 이유를 보여 드리겠습니다."

*　　　*　　　*

호검의 레이어 스테이크는 얇고 길게 자른 가지 여러 장이 둥근 스테이크를 보자기 싸듯 감싸고 있는 모습이었다. 스테이크 밑에는 빨간 토마토소스가, 스테이크 위에는 노란 파르미지아노 레지아노 치즈 가루와 데커레이션 겸 가니시로 방울 토마토 세 개가 얹어져 있었다.

또한 스테이크 주변으로는 파르미지아노 레지아노 치즈 가루 위에 아스파라거스가 브이 자 모양을 반복하면서 빙 둘러져 있었는데, 아스파라거스의 브이 자 끝마다 까만 열매가 달린 듯 발사믹 소스가 동그란 모양으로 뿌려져 있었다.

호검은 나이프를 들더니 가지로 덮여 있는 스테이크를 마치 케이크 한 조각을 잘라내듯이 잘라냈다. 그리고 스테이크의 단면을 보여주었다.

"이래서 레이어 스테이크입니다."

스테이크의 단면은 소고기 레이어, 즉, 얇게 저민 소고기가 켜켜이 쌓여 있는 모습이었다. 그리고 그 사이사이에는 노란 빛깔의 무언가가 보였다.

"아니, 이건 어떻게 만든 건가요?"

한국인 셰프가 눈이 휘둥그레져서 물었다. 심사위원들뿐만 아니라 구경을 하러 온 다른 사람들도 신기해하며 스테이크에서 눈을 떼지 못하고 있었다. 주한 이탈리아 대사 부인은 자신이 심사위원으로 온 것이기 때문에 일단은 호검에게 알은척을 하지 않고 레이어 스테이크를 가까이에서 관찰하고 있었다. 그러다 매우 궁금한 듯 한국인 셰프의 질문에 이어 곧바로 물었다.

"What is this yellow thing?(이 노란 건 뭐예요?)"

호검은 빙긋 웃으며 자신의 요리를 설명하기 시작했다.

"이건, 우리나라의 육전과 파르마 지역의 가지그라탕을 응용해 만든 스테이크입니다."

"이 안에 겹겹이 있는 고기가 육전을 부친 거란 말인가요?"

한국인 셰프가 다시 한번 스테이크 단면을 살피며 되물었다.

"네, 맞습니다. 육전은 소고기에 밀가루와 계란을 입혀 부친 것입니다. 육전으로 만들면 고기가 정말 부드럽고 질기지 않거든요. 그리고 겉면의 가지와 육전에 입힌 계란, 이 위의 파르미지아노 레지아노 치즈, 그리고 토마토소스는 굉장히 맛이 잘 어우러지는 조합입니다. 파르마 지역의 가지그라탕이 딱 이 조합이죠. 또한 함께 곁들인 이 아스파라거스는 파르미지아노 레지아노 치즈, 발사믹 소스와 찰떡궁합이고요."

옆에서 수정이 주한 이탈리아 대사 부인을 위해 호검의 설명을 영어로 통역해 주었고, 그녀는 말 한 마디 한 마디를 들을 때마다 감탄사를 연발했다.

"오! 고기전을 겹쳐서 만든 스테이크라니, 정말 맛이 궁금한데요! 이거 바로 시식해 보죠."

한국인 셰프도 궁금한지 바로 포크를 들었다. 주변에서 구경하는 사람들은 군침을 흘리며 부러운 시선으로 두 심사위원을 쳐다보았다.

주한 이탈리아 대사 부인이 먼저 가지와 육전을 함께 토마토소스에 찍어 입속에 넣었다. 그러고는 몇 번 씹는 듯하더니 갑자기 입을 쩍 벌렸다.

"와우! 이거 고기가 입속에 넣자마자 사라졌어요! 씹을 필요가 없을 정도네요! 이렇게 부드러운 스테이크는 처음 먹어 봐요! 이가 없는 사람도 먹겠는데요?"

옆에서 맛을 보던 한국인 셰프도 고개를 끄덕였다.

"가지와 고기, 계란, 토마토소스, 치즈까지 함께 어우러진 맛이 정말 좋네요. 바질도 좀 들어간 것 같은데, 맞나요?"

"네, 육전을 부칠 때 계란에 바질을 넣었습니다."

"역시. 맛도 훌륭하고, 지금까지 먹어본 스테이크 중에 최고로 부드러운 스테이크네요!"

주한 이탈리아 대사 부인은 이미 한 입 더 맛보고 있었다. 이번엔 아스파라거스와 함께 곁들여서.

"Umm! Delicious! Fantastic!(음! 맛있어요! 환상적이야!)"

심사위원들의 반응에 호겸과 수정은 서로 눈을 맞추고 만족스러운 웃음을 지었다. 한국인 셰프는 호수 팀의 다른 요리에도 관심을 보이면서 전체 요리 설명을 부탁했다.

이번에도 호겸이 한국말로 설명하면, 수정이 영어로 통역을 했다.

"먼저 안티파스토는 아보카도를 곁들인 바닷가재 카르파치오입니다."

안티파스토는 알록달록한 데커레이션이 돋보이는 요리였다. 슬라이스한 노란 빛깔의 레몬 위에 오동통한 바닷가재 살, 그 위에 고소해 보이는 네모난 아보카도가 올려진 것이 바람개비처럼 세 조각이 놓여 있었고 그 한가운데에 싱싱한 풀빛의 루콜라가 자리 잡고 있었다. 그리고 그 주변으로 세 가지 색 소스가 마치 넝쿨처럼 뻗어 나오게 그려져 있었다.

"이 바닷가재 카르파치오는 하얀색, 검정색, 빨간색의 세 가지 소스를 찍어 드시면 되는데요, 하얀색은 마요네즈와 레몬즙을 섞어 만든 부드럽고 고소한 소스고요, 검정색은 향긋하고 새콤달콤한 발사믹 소스, 그리고 빨간색은 비트주스와 간장을 섞어 만든 짭쪼름한 소스입니다. 취향에 맞게 찍어 드셔도 되고, 세 가지를 한꺼번에 찍어 드셔도 됩니다."

주변에 모인 사람들은 안티파스토 접시에 소스로 그려진 넝쿨 데커레이션이 멋있다고 감탄하고 있었다.

"와, 접시에 완전 그림을 그렸네. 무슨 예술 작품 같아. 안 그래?"

"응. 역시 보기 좋은 떡이 먹기도 좋다고, 눈으로만 봐도 맛있을 것 같아. 근데 그래서 더 먹어보고 싶다……"

"근데 우리가 먹어볼 수 있으려면 본선 열 팀에 못 들어야 하잖아? 그치?"

이번 이태리 요리 대회는 100여 팀이 참가했기 때문에, 심사위원 열 명이 두 명씩 짝을 지어 20팀씩 채점을 한 다음, 그중에서 높은 점수를 받은 열 팀이 본선에 올리고, 그 열 팀을 다시 전체 심사위원들이 점수를 매겨서 1, 2, 3등을 뽑는 방식으로 심사가 이루어졌다. 그리고 뽑히지 못한 나머지 90팀의 남는 요리는 구경하던 사람들이 시식을 할 수 있었다.

"응. 근데 본선에 오를 거 같은데, 이 팀 말이야."

"내 생각도 그래. 쩝. 아쉽다."

두 명의 심사위원들도 채점표에 무언가를 적기도 하면서 안티파스토의 데커레이션을 이리저리 살펴보았다. 그러고는 안티파스토도 한 입 맛보았다.

"상큼한 게 입맛을 돋워주네요. 소스도 세 가지가 다 각기 다른 매력이 있고요."

"안티파스토로서 딱 제 역할을 하는 느낌이네요. 그럼 다음, 프리모 피아또. 금화파스타라……. 이름들을 참 멋지게 지었네요. 왜 금화파스타인지 알겠어요. 하하하."

한국인 셰프가 호검에게 말하는데, 그의 뒤에 서 있던 여자들이 좋아하며 말했다.

"주머니에 금화가 담긴 것 같아, 정말."

"저 금화는 어떻게 만든 거지? 저런 파스타가 있나?"

구경하던 사람들도 웅성거리며 금화처럼 보이는 동그란 게 무엇인지 궁금해하고 있었다. 이윽고 호검이 금화파스타에 대한 설명을 시작했다.

"파르미지아노 레지아노 치즈로 만든 치즈 바스켓 안에 새우, 애호박, 프로슈토(햄)를 채워 넣은 리가토니(파이프 모양의 파스타)를 동전 모양으로 잘라 담았습니다. 노란 금주머니에 노란 금화가 담겨 있는 모양으로 고급스러운 느낌으로 만들어 봤습니다."

"위에 금가루부터 아주 고급스럽네요. 이거 특별한 날 이벤트처럼 여자분들한데 드리면 굉장히 좋아하실 것 같아요."

한국인 셰프가 파스타의 특이한 모양이 마음에 들었는지 칭찬을 했고, 곧 금화파스타 하나를 포크로 찍어 맛을 보았다.

"음, 크림소스에 살짝 매운 맛이 도는데, 뭘 넣었나요?"

"크림소스가 자칫 느끼할 수 있어서 페페론치노를 조금 넣었습니다."

"이 크림소스에 살짝 보이는 붉은색과 노란색 조각은 파프리카죠?"

"네, 맞습니다."

"씹는 맛도 살리고, 크림소스의 약간은 느끼할 수 있는 맛도 잡아주네요, 중간중간 보이는 파프리카색도 예쁘고요."

"감사합니다."

벌써 세 가지 요리에 칭찬 세례를 받은 호검과 수정은 표정에 기쁜 기색이 역력했다. 하지만 여전히 긴장을 늦출 수 없었다. 이번 대회는 네 가지 요리를 평가하는 것인 데다가, 심사위원들의 진짜 속마음은 정확히 알 수 없는 것이었다. 대부분 참가자들 앞에서는 좋은 말을 많이 해주는 편이니까 말이다.

호검은 싱글벙글 웃으면서도 차분히 마지막 돌체 설명에 들어갔다.

"돌체인 리코타로즈파이입니다."

나뭇잎 모양의 귀여운 접시 위에는 리코타로즈파이가 올려져 있었는데, 그 옆에는 민트 잎이 뿌려져 있어 마치 접시에 한 송이 장미꽃이 피어 있는 듯 보였다.

"지름 5센티미터 정도의 동그란 파이 위에 리코타 치즈, 그리고 그 위에 사과 슬라이스로 장미 모양을 만들어 얹었습니다."

심사위원들은 먹기에 아깝다고 하면서 조심스럽게 리코타로즈파이를 한입 베어 물었다.

"뭔가, 안에 달콤한 게 있는데, 설탕 시럽인가요? 약간 무슨 향기도 나는 것 같은데."

주한 이탈리아 대사 부인이 호검에게 물었다.

"아, 파이와 리코타 치즈 사이에 꿀을 발랐습니다."

"아하, 꿀이요! 아주 맛이 좋네요. 부드럽고, 아삭하고, 달콤하고, 고소하고. 환상이네요!"

외국인 심사위원은 연신 'Fantastic'을 외쳐댔다. 두 심사위원은 마지막으로 채점표에 열심히 무언가를 적더니 다음 참가 팀으로 넘어갔다. 그들이 다른 부스로 옮겨 감과 동시에 수정은 한숨을 내쉬며 의자에 털썩 주저앉았다.

"휴우. 드디어 끝났다. 이거 되게 떨린다."

호검도 수정의 옆에 앉으며 빙긋 웃었다.

"너 하나도 안 떨던데? 영어로 설명도 잘하고 말이야."

"에이, 난 그냥 네가 한 말 영어로 옮긴 거뿐이야. 네가 안 떨고 잘하더라."

"동시통역이 그게 쉬운 게 아니잖아. 너 정말 잘했어. 아무튼, 오늘 정말 우리 둘 다 수고 많았다. 그치?"

"응. 근데 난 요리하는 1시간이 어떻게 지나갔는지 생각도 안 나. 정신없어서. 호호."

호검과 수정은 서로 수고했다고 인사를 주고받았고, 잠시 쉬었다. 그러다 수정이 이제 긴장이 다 풀렸는지 자리에 벌떡 일어나며 말했다.

"아까 구경 다니는 사람들 중에 조리복 입은 사람도 있던데. 조리복 입었으면 참가자 맞지?"

"응. 맞을걸? 다들 심사 끝나서 다른 팀 구경하고 그러는 거겠지."

"그럼 우리도 심사 끝났으니까 다른 팀 구경 갈까?"

"좋아. 나도 진짜 궁금해."

수정과 호검은 자신들의 심사가 끝났으니 다른 팀들의 요리를 구경하러 나섰다. 수정은 자신의 디지털 카메라를 챙겼다. 그녀는 데커레이션에 관심이 많아서 다니다가 데커레이션이 예쁜 요리들이 있으면 사진을 찍으려고 미리 디지털 카메라를 준비해 온 것이다.

"오, 이거 봐! 역시 돌체가 데커레이션 이쁜 게 많아. 이거 설탕으로 만든 거 같은데?"

수정이 37번 팀이 만든 판나코타를 사진 찍으며 말했다. 판나코타는 우유로 만든 푸딩 같은 것인데 37번 팀의 판나코타 위에는 장식으로 물결 모양의 탑 같은 것이 꽂혀 있었다.

"응, 이거 설탕 맞네. 모양 잘 만들었다."

호검이 매의 눈으로 물결 모양의 탑을 훑어보더니 말했다. 수정이 주로 예쁜 데커레이션을 찾아 돌아다녔다면, 호검은 주로 특이한 식재료를 사용했다거나, 뭔가 어떻게 만든 것인지 모르겠는 요리들을 찾아다녔다. 그러다 56번 팀 부스에 왔는데 그들의 코스 요리는 어떤 것이 안티파스토고, 어떤 것이 프리모 피아또, 혹은 세콘도 피아또나 돌체인지 알 수가 없었다. 물론 역시 앞에 이름이 붙어 있긴 했는데, 접시들끼리 바꿔놓는다고 해서 그걸 알아챌 사람도 아무도 없을 것 같은 모양들이었다.

호검이 슬쩍 그들에게 물었다.

"이거, 분자요리죠?"

"네, 맞아요."

56번 팀의 남자 참가자 하나가 대답했다. 안티파스토는 무슨 한천 느낌의 직사각형이었는데, 호검이 보기에 그건 농어나 흰살 생선을 다져서 젤리 속에 넣은 것 같았다.

'이렇게도 만드는 구나.'

호검은 신기해하며 그들의 요리를 구경했다. 프리모 피아또는 노랗고 납작한 원기둥 모양이었는데, 이건 파스타 면을 소스 등과 아예 함께 넣고 갈아서 밑면을 구워낸 것이었다.

호검은 냄새와 모양으로 대충 무엇이 들어간 것인지 추측할 수 있었지만, 그렇게 만들어낸 것이 어떤 맛일지가 궁금했다. 그는 이따가 시식을 할 수 있게 되면 이 팀의 분자요리를 가장 먼저 와서 먹어봐야겠다고 생각했다.

그런데 갑자기 근처 부스에서 웅성대는 소리가 들려왔다. 호검은 무슨 일인가 싶어 고개를 쑥 빼고 앞쪽을 둘러보았다.

'무슨 일이지?'

*   *   *

사람들이 모여 있는 곳을 보니 그들의 머리 위로 하얀 물체가 휙휙 날아다니고 있었다. 그리고 사람들은 하얀 물체가 날아오를 때마다 환호성을 질러댔다.

그때, 수정이 달려와 호검의 팔을 붙잡았다.

"도우쇼 하나 봐! 호검아! 우리 저거 보러 가자!"

호검은 뭐라 대답할 틈도 없이 수정에게 이끌려 사람들이 모여 있는 곳으로 다가갔다. 심사위원들은 도우쇼 하는 것에 관심도 두지 않고 묵묵히 심사를 해나가고 있었다. 오히려 심사위원들을 쫓아다니던 사람들이 없어져서 편해 보였다.

호검과 수정이 다가가서 보니 하얀 조리 복장의 두 남자가 서로 도우를 던지고 받으며 현란한 도우쇼를 펼쳐 보이고 있었다.

"와! 둘이 하는 건 처음 봐."

수정이 재미있어하며 사진을 찍으려고 카메라를 들었는데, 앞사람들 때문에 제대로 카메라 각도가 나오지 않았다.

"아, 앞으로 좀 가야겠어."

수정은 사람들을 비집고 들어가 앞쪽에 자리를 잡았고, 호검도 수정을 따라 앞쪽으로 나왔다. 앞에서 보니 쇼는 확실히 더 재미있었다. 그중 한 남자는 왼손으로 도우를 계속 돌리면서 오른손으로는 맞은편에 서 있는 남자에게 도우를 던졌다.

도우는 빙글빙글 돌면서 맞은편 남자의 오른손 위에 정확히 안착했고, 안착함과 동시에 맞은편 남자는 팔을 시계 반대 방향으로 크게 돌리며 도우를 이리저리 춤추게 했다.

"와, 도우가 손에 붙어 있는 것 같네!"

"얼마나 연습하면 저 정도가 될까?"

사람들은 감탄을 연발하며 그들에게서 시선을 떼지 못했다. 수정은 앞쪽에서 연신 카메라 셔터를 눌러대고 있었는데, 도우가 계속 움직이니 사진이 잘 나오지 않는다고 투덜댔다.

"아, 찍고 싶은데. 계속 움직이니까 흔들려서 제대로 나온 게 없네. 아! 동영상으로 찍을까?"

수정은 짧게 동영상을 찍고는 만족스럽게 웃으며 그녀의 뒤에 서 있는 호검을 돌아보았다.

"호호호. 역시 움직이는 건 동영상으로 찍어야지! 아, 근데 이 도우쇼 원래 예정에 있던 거야?"

"그건 잘 모르겠는데, 피자 무료 시식은 있었던 거 같아."

"아, 지금 저기 비어 있던 부스에서 만들고 있는 게 무료 시식 행사 때문이구나!"

도우쇼 뒤쪽에 있는 한 부스에서 이탈리아 사람 다섯 명이 분주하게 피자를 만들고 있는 걸 본 수정이 말했다.

"응. 그거에 뭔가 더 볼거리를 주려고 계획한 게 아닐까?"

"아, 그렇구나. 먹고 싶다!"

수정이 호검을 보며 귀엽게 입맛을 다시는 시늉을 해 보이는데, 갑자기 호검이 오른손을 번쩍 들었다.

"뭐야, 왜 그래?"

수정이 놀라며 고개를 들어 호검의 번쩍 든 오른손을 쳐다보았다. 그런데 호검의 오른손 위에는 도우가 빙글빙글 돌아가고 있었다.

"아니, 이게 왜?"

수정이 다시 뒤를 돌아 도우쇼를 하던 남자들을 보니 그들은 마치 자신들이 가지고 놀던 공을 잃어버린 양 멈춰 서서 멋쩍은 표정으로 호검의 오른손 위의 도우를 쳐다보고 있었다.

두 남자가 위치를 이동하면서 도우 주고받기를 하고 있었는데, 둘 사이에 사인이 안 맞아서 도우가 수정 쪽으로 날아왔고, 호검이 재빨리 도우를 오른손으로 받은 것이다.

"어머!"

"와! 대박!"

사람들은 도우가 날아오자 다들 놀라서 반사적으로 도우를 피하려고 했는데, 호검이 얼른 도우를 받아 돌리고 있자, 박수를 치며 좋아했다. 사람들은 호검이 원래 도우쇼에 같이 참여하는 사람인 줄 알았던 모양이었다.

"아니, 너 이거 돌릴 줄 알아?"

수정의 눈이 휘둥그레져서는 호검에게 물었다. 호검은 피자 수업을 들었을 때 함께 수업을 들었던 장근호가 도우를 돌리는 걸 보고 집에서 조금 연습을 해봤었다. 물론 호검은 요리사의 돌 덕분에 원심력을 이용해서 도우를 돌리는 방법을 금방 터득할 수 있었다.

"심심해서 연습 좀 해봤었어."

호검은 별거 아니라는 듯 말하더니 오른손으로 돌리던 도우를 멋지게 도우쇼 공연 중인 한 남자에게 휙 던졌다. 그가 도우를 던지자, 사람들의 함성이 다시 터져 나왔다.

"와아! 멋있다!"

호검의 손끝에서 떨어져 위로 날아오른 도우는 버섯갓이 빙글빙글 돌아가는 것처럼 회전하며 날아가더니 도우쇼를 하는 남자의 손에 무사히 안착했다. 그리고 도우를 다시 받은 그 남자는 다른 손으로 엄지를 척 들어보였다.

수정도 호검의 의외의 모습에 잠시 넋을 잃고 그를 바라보다가 정신을 차리고 말을 이었다.

"으흠. 피자 시식은 언제 하나?"

"그러게. 엇. 피자 냄새 나기 시작한다!"

수정이 호검의 말에 코를 킁킁거리더니 환하게 웃으며 말했다.

"정말 그렇네! 맛있겠다!"

곧 도우쇼 공연이 끝나고 로마식 마르게리타 피자의 무료 시식이 시작되었다. 수정과 호검도 피자 하나씩을 시식해 보았는데, 생모차렐라와 생바질잎을 사용해서 그런지 신선하고 맛이 좋았다.

"모양은 이래도 맛은 있네. 호호."

수정이 피자를 오물오물 씹으며 말했다. 이탈리아에서는 꼭 동그란 모양으로 피자 도우를 펴는 것이 아니라 조금 자유로운 모양으로 도우를 폈기 때문에 이번 시식에서도 피자 모양이 제멋대로였다.

"응. 역시 생모차렐라가 더 고소하고 부드러운 맛이 있어."

그런데 수정이 갑자기 호검의 귓가에 대고 속삭였다.

"근데, 솔직히 고 셰프님 피자가 더 맛있는 거 같아. 이거 도우가 좀 짜고, 살짝 질긴 거 같아서."

"고 셰프님 도우가 좀 맛있지."

호검도 인정하는 바였다. 고 셰프의 연구 결과로 탄생한 부드러운 도우는 한국 사람 입맛에 잘 맞았다.

"원래 이탈리아 현지 음식은 좀 짠 편이라잖아. 내가 직접 가서 먹어보진 못해서 확실한 건 모르겠지만."

"응. 좀 그래. 나도 가본 지 좀 됐지만……. 아! 우리 이거 1등 하면 이탈리아 가볼 수 있는 거 아냐?"

"그렇지. 이탈리아 여행권이랑 미슐랭 별 받은 레스토랑 무료 식사권 준다고 했으니까."

"그럼 그때 같이 먹어보면 되겠네!"

"하하하. 1등을 해야 가지."

호검은 수정의 천진난만한 모습에 웃음이 터져 나왔다. 하지만 수정은 꽤 진지한 표정으로 말을 이었다.

"음, 내가 지금까지 돌아본 바로는 우리 은근 가능성 있어!"

"오, 그래? 1등 하면 좋지."

호검과 수정은 피자 시식을 마친 뒤에도 이런저런 대화를 나누면서 다른 팀들의 요리를 구경 다녔다. 그들 말고도 심사가 끝난 다른 참가자들 또한 이리저리 돌아다니며 다른 사람들의 요리를 구경하러 다녔기에, 요리만 놓여 있고, 참가자는 없는, 비어 있는 부스도 꽤 있었다.

잠시 후, 드디어 1차 심사가 끝나고 잠깐의 휴식 시간 후, 본선 진출 팀 열 팀을 발표하는 시간이 되었다. 진행자가 단상 위로 올라왔고, 사람들은 그 바로 앞에 마련된 의자에 앉아서 발표가 나기를 기다리고 있었다.

"오늘 대회 굉장히 치열했는데요, 그래도 상위 열 팀이 선정되었습니다. 본선에 진출한 상위 열 팀은 열 명의 심사위원이 모두 함께 재심사를 해서 1, 2, 3등을 선발하게 됩니다. 상품은 아시다시피, 1등 팀은 트로피와 이탈리아 4박 5일 여행권 플러스, 이탈리아 미슐랭 스타 레스토랑 4군데의 무료 시식권을 부상으로 받게 됩니다. 1등이 되시면 아무것도 준비할 필요 없이 몸만 비행기에 실으시면 됩니다. 하하하. 벌써부터 1등 팀이 부럽네요. 자, 그리고 2등 팀은 트로피와 상금 200만 원, 3등팀은 트로피와 상금 100만 원을 드립니다. 상금은, 2인 1조니까 두 분이서 사이좋게 나눠 가지시면 되겠습니다."

호수 팀의 부스에서 단상이 사선으로 보였기에 호검과 수정은 그냥 부스에서 진행자를 쳐다보고 있었다. 수정은 떨린다면서 두 손을 모으고 긴장 상태로 발표를 기다렸다.

"자, 그럼 이제 발표하겠습니다! 팀 번호를 호명하겠습니다. 호명된 팀은 출품작 테이블을 여기 가운데에 마련된 자리로 가져다 놓으시면 됩니다. 그럼, 첫 번째 본선 진출 팀!"

호검과 수정이 침을 꼴깍 삼켰고, 구경하는 사람들도 숨을 죽이고 있었다.

11. 뜻밖의 본선 진출자

"아, 긴장되실 테니까 한꺼번에 열 팀 쭉 호명하겠습니다. 7번!"

"와아!"

발표가 시작되자 호명된 사람들과 그들의 지인들이 환호성을 질러댔다.

"9번! 23번! 2……."

진행자는 큰 소리로 본선 진출 팀들을 불러댔는데, 사람들의 환호 소리에 묻혀 중간부터는 번호가 잘 들리지 않았다.

"뭐야, 우리 호명하지 않았어? 아, 시끄러워서 못 들었어!"

"우리 호명한 거 같은데……? 45번 부른 거 같았는데……."

진행자는 한 번 쭉 10팀을 호명하고 나서 다시 말했다.

"축하드립니다! 본선 진출 팀은 요리를 가운데로 가지고 나오세요! 여러분, 좀 조용히 해주시기 바랍니다. 음, 다시 한번 호명하겠습니다. 7번, 9번, 23번, 28번, 40번, 45번, 64번, 71번, 88번, 96번!"

진행자는 사람들을 조금 진정시킨 다음 못 들었을 참가자들을 위해 다시 한번 본선 진출 팀을 호명해 주었다. 그리고 역시 45번, 호수 팀은 본선 진출 팀에 포함되어 있었다.

"와! 45번 있다! 우리 본선 진출했어!"

수정이 기뻐서 펄쩍 뛰며 호검의 손을 덥석 잡고 흔들어댔다. 호검도 함박웃음을 지었고, 곧 완성된 요리가 세팅된 테이블을 다시 잘 정리한 후 테이블을 밀고 대회장 한가운데로 이동했다. 테이블에는 바퀴가 달려 있었기에 호검은 테이블을 살살 밀기만 하면 되었다.

다른 본선 진출자들도 하나둘씩 테이블을 밀고 가운데로 나오기 시작했는데, 호검을 따라오던 수정이 갑자기 호검을 툭 쳤다. 호검이 뒤를 돌아보자, 수정이 호검에게 고갯짓으로 오른쪽을 가리켰다.

"저기 봐. 저 사람들……."

"왜? 누구?"

호검이 누굴 보고 그러나 싶어 고개를 돌려보았더니, 거기엔 홍영광과 김기철이 테이블을 끌고 걸어 나오고 있었다. 홍영광은 수정과 호검이 하루 동안 셰프 일을 했었던 〈라비올〉 수상 레스토랑의 구이 담당 셰프였고, 김기철은 소스 담당 셰프였다.

'엇! 뭐야, 이 대회 나온 거야? 레스토랑은 어쩌고? 게다가 테이블 끌고 나오는 거 보니 본선 진출?!'

호검은 그들을 쳐다보다가 김기철과 눈이 딱 마주쳤다. 그러자 호검은 살짝 묵례를 하려고 했는데, 기철은 그를 보지 못한 척 호검의 시선을 휙 피했다. 수정도 그들을 쳐다보다가 호검에게 귓속말을 했다.

"근데 우리 왜 저 사람들 못 봤지? 아까 요리 구경 하느라 부스들 돌았었잖아. 너도 못 봤지?"

"응. 우리가 다닐 때 빈 부스들 있었잖아. 그중 하나였나 보지."

그런데 기철의 태도를 보아하니 그들은 이미 호검과 수정이 대회에 나왔다는 사실을 이미 알고 있었던 것 같았다. 기철이나 영광은 둘 다 호검과 수정을 보고 놀라지 않았으니까 말이다.

그들은 64번으로 호수 팀의 요리 바로 옆에 요리 테이블을 고정시켰다. 호검과 수정은 일단 그래도 아는 사람들이니 인사를 건넸다.

"안녕하세요."

그런데 홍영광은 호검과 수정을 힐끗 쳐다보더니 아무 대꾸
도 하지 않았다. 기철은 영광의 눈치를 보더니 조금 난감한 표
정으로 고개만 살짝 까딱했다.

수정과 호검은 기분이 조금 나빠졌지만, 원래 그다지 친하
지 않았으니 그냥 신경을 끄기로 했다. 수정은 기분이 나쁜
듯 입을 삐죽대다가 호검에게 귓속말로 물었다.

"뭐야, 저 사람들……. 근데 왜 접시들에 덮개는 다 씌워놨
데?"

기철과 영광의 요리는 모두 스텐푸드커버로 덮여 있어 무
슨 요리인지 보이지 않았다.

"아, 나 지나가다가 저 덮개 덮인 거 봤었다. 뭔가 했는데,
저 사람들 요리였구나. 근데 뭐 먼지 들어갈까 봐 덮어놨
나?"

"그냥 컨셉일지도 몰라. 왠지 미스테리해 보이잖아?"

"그런가?"

호검은 뭔가 의아한 듯 고개를 갸웃거렸다.

잠시 후, 열 개의 본선 진출 팀들의 테이블이 세팅되자, 심
사위원들이 가운데로 모였다. 그리고 다시, 진짜 1등을 가리
는 심사가 시작되었다.

심사가 시작되자, 기철과 영광도 드디어 푸드커버를 들었다. 호검과 수정은 그들의 요리가 궁금했기에 얼른 눈동자를 돌려 64번 테이블 위를 쳐다보았는데, 호검과 수정은 그들의 요리를 보자마자 동시에 둘 다 눈이 휘둥그레졌다.

*　　　*　　　*

　"아니……."

　수정이 말문이 막혔는지 더 이상 말을 잇지 못했다.

　영광과 기철이 출품한 요리는 바로 일전에 호검과 수정이 민석과 함께 스페셜 코스로 만들어 갔던 두 가지 코스 요리에서 두 가지씩을 섞은 것이었다.

　안티파스토는 연어 크림치즈 롤, 프리모 피아또는 포르치니 버섯뿔로 리조또, 세콘도 피아또는 염장감자를 감싼 메로구이, 돌체는 수플레였다.

　수정이 어이가 없어서 영광과 기철을 째려보았다. 하지만 영광과 기철은 고개를 빳빳이 들고 당당하게 행동했다. 수정이 화를 누르며 호검에게 속삭였다.

　"저거, 우리가 개발했던 그 스페셜 코스 요리 섞은 거 맞지? 저래도 되는 거야? 남의 레시피를 이렇게 훔쳐 가도 되냐구!"

"물론 안 되지."

"정말 뻔뻔해. 어떻게 응용해서 만드는 것도 아니고 저렇게 데커레이션도 거의 똑같이 만들 수가 있어?"

"고칠 수 없었겠지. 완벽하니까."

영광과 기철은 그 레시피를 손볼 수 없었을 것이다. 왜냐하면 그 레시피의 조화로운 맛은 호검과 수정, 그리고 민석이 함께 만들어낸 완벽한 것이었으니까.

호검은 잠시 얼굴이 굳어 있다가 다시 평정심을 되찾은 표정으로 말했다.

"차라리 잘됐어."

"뭐? 뭐가?"

"아예 똑같이 만들어서 잘됐다고."

"왜?"

"저기 주한 이탈리아 대사님이 심사위원이시잖아."

그러면서 호검이 주한 이탈리아 대사인 마테라치를 쳐다보았는데 서로 눈이 마주쳤다. 호검은 살짝 묵례를 했고, 그도 호검에게 슬쩍 눈인사를 했다.

"주한 이탈리아 대사님이 그때 B코스 드셔보셨다고 내가 말했었잖아."

"응? 아! 맞다! 생각난다! 네가 최 원장님 따라 홀에 나가서 만난 사람이 바로 저 대사님이라고 했었지? 그리고 메로구이를 극찬하셨었고!"

호검이 고개를 끄덕이며 빙긋 웃었다. 그제야 수정도 활짝 웃으며 벌써부터 통쾌해했다.

"좋아. 두고 보자. 흥! 아, 근데,"

수정이 갑자기 문득 무슨 생각이 떠올랐는지, 놀란 표정을 지었다.

"근데?"

"그럼 우리가 개발했던 그 코스 요리가 여기 본선에 오를 만큼 훌륭한 요리였단 말 아니야?"

"음, 맞네? 그렇게 되네."

수정과 호검은 이런 생각이 들자 괜히 마음이 뿌듯해졌다.

본선에 오른 참가 팀들은 모두 자신들이 만든 요리가 올려진 테이블 앞에 나란히 서 있었다. 심사위원들은 단체로 일렬로 쭉 놓여 있는 요리들을 한 팀씩 시식하고 평가했다.

심사위원들은 본선에 오른 요리들을 시식하면서 대부분 칭찬을 했다.

"다른 요리들도 다 맛있다고 칭찬하는데?"

앞선 요리의 심사를 지켜보던 수정이 약간 걱정스러운 말투로 말했다.

"당연히 다 맛있는 요리들이겠지. 본선에 오른 요리들인데.

그중에서도 가장 맛있는 요리가 1등을 하게 되는 거겠고."

본선에 오른 요리들은 아무래도 다 맛은 어느 정도 보장이 된 것들이니, 그중 어떤 것이 더 인상적이고 더 맛있는지가 중요했다. 물론 데커레이션이나 다른 부수적인 것들까지도 중요한 기준이 될 것이다. 호검은 본선에 오른 다른 참가자들의 데커레이션을 쭉 훑어보았는데, 그가 보기엔 자신들의 데커레이션이 가장 잘된 것 같았다.

'수정이가 데커레이션 감각이 있단 말이야. 섬세하기도 하고.'

호검은 자신이 있었다. 맛도, 데커레이션도.

잠시 후, 호수 팀의 차례가 되었다. 심사위원들은 다들 처음부터 그들의 요리 이름에 호기심을 보였고, 설명을 듣고는 고개를 끄덕였으며, 맛을 보고 나서는 감탄했다. 특히 레이어 스테이크의 부드러운 맛은 마치 케이크를 먹는 것 같다며 눈이 휘둥그레졌다.

"맛도 맛이지만, 아이디어도 굉장히 좋네요."

"궁금증을 유발하는 요리 이름에다, 비주얼 자체도 좋고, 맛은 또 그 기대에 부응하는 완벽한 요리네요."

호수 팀의 요리에 지금까지의 심사평들 중에 가장 극찬이 쏟아지자, 다른 팀들은 호수 팀에 경계의 눈빛을 보냈다. 특히 바로 옆에 있는 영광과 기철은 경계의 눈빛은 보내지 않았지만, 못마땅한 표정이었다.

마테라치는 호검의 요리를 먹어보고는 말없이 호검과 눈을 맞추며 고개를 끄덕였다. 마테라치는 심사위원들 중에서도 가장 심사 결과에 영향을 많이 줄 수 있는 위치여서 최대한 말을 아끼고 있었다.

하지만 그의 눈빛과 표정으로 호검은 마테라치가 그들의 요리를 흡족해하고 있음을 알 수 있었다.

한참을 호수 팀의 테이블에 머물러 있던 심사위원들이 드디어 영광과 기철에게로 넘어갔다.

지금까지 시큰둥한 표정으로 서 있던 영광과 기철은 심사위원들이 오자 가식적인 미소로 얼굴을 바꿨다. 수정과 호검은 심사위원들의 평가와 특히, 마테라치의 반응을 유심히 살피고 있었다.

심사위원들이 하나 둘씩 그들의 요리를 맛보더니 또 다들 극찬을 하기 시작했다. 마테라치의 부인은 세콘도 피아또인 염장감자를 감싼 메로구이가 매우 마음에 든 모양이었다.

"감자를 감싼 메로구이라, 이거 굉장한 맛이네요. 부드럽고 고소하고, 음, 세이지 향도 나는 게 세이지버터에 구운 건가요?"

그녀의 말을 통역사가 영광과 기철에게 한국말로 통역해 주자, 영광이 대답했다.

"네, 그렇습니다."

마테라치의 부인이 흡족한 미소를 지으며 바로 그녀의 뒤에 서 있던 마테라치에게 얼른 먹어보라는 듯 그를 쳐다보았다. 마테라치는 이미 그들의 요리를 보고 조금 의아해하고 있었다.

'이거 강 셰프가 레스토랑에서 해줬던 요리랑 거의 흡사한데?'

마테라치가 고개를 갸웃거리다가 드디어 맛을 보았다.

"으음."

안티파스토부터 천천히 하나씩 맛을 본 그는 뭔가 알 수 없는 표정이 되었다. 그러자 마테라치의 부인이 그에게 얼른 물었다.

"어때요?"

"맛은 있는데……."

마테라치는 호검을 잠깐 쳐다보더니 염장감자를 감싼 메로구이를 한입 더 맛보았다. 그리고 곧 확신한 듯 굳은 표정이 되었고, 날카로운 눈빛으로 영광과 기철을 쏘아보며 물었다.

"이거, 두 분이 개발하신 요리 맞습니까?"

갑작스러운 질문에 영광과 기철뿐만 아니라 다른 심사위원들도 깜짝 놀라 마테라치를 쳐다보았다. 영광과 기철은 당황한 눈빛을 서로 주고받더니 영광이 입을 열었다.

"네. 그렇습니다."

옆에서 그 모습을 지켜보던 수정과 호검은 인상을 찌푸렸다.

"그렇긴 뭐가 그래? 거짓말도 아주 잘하네!"

수정은 투덜거리며 호검에게 속삭였고, 주한 이탈리아 대사는 다시 한번 물었다.

"정말 맞습니까?"

"네!"

영광은 뻔뻔스럽게 더 확고한 말투로 대답했다. 그러자 주한 이탈리아 대사가 미간을 찌푸리며 돌직구를 던졌다.

"제가 어디선가 이 비슷한 요리를 맛본 기억이 나는데요?"

"네?"

영광은 당황해서 얼굴이 벌게졌고, 기철의 표정은 하얗게 질렸다.

다른 심사위원들은 모두 깜짝 놀라 마테라치와 영광을 번갈아 쳐다보았다.

"그리고, 이 요리를 만드신 분도 직접 만나봤고요. 그분이 누군지 말할까요?"

마테라치의 말에 영광과 기철은 꿀 먹은 벙어리처럼 더 이상 아무 말도 하지 못하고 가만히 있었다. 반면 호검과 수정은 은근슬쩍 입가에 미소가 번졌다.

'그렇지! 탈락이지, 탈락. 남의 레시피나 베끼고 말이야.'

호검은 주한 이탈리아 대사인 마테라치가 마침 〈라비올〉 레스토랑의 음식을 맛보아서 다행이라고 생각했다.

그렇지 않았다면 호검과 수정이 굉장히 짜증 날 상황이 생길 뻔했으니까.

영광과 기철은 주한 이탈리아 대사가 자기네 레스토랑에 와봤을 거란 생각을 하지 못했다. 왜냐하면 〈라비올〉 레스토랑은 맛으로 유명한 곳도 아니었고, 이 요리들은 헤드 셰프와 수 셰프의 반발로 몇 주만 지속하다가 금방 다시 옛날 메뉴로 돌아갔기 때문이다.

심사위원들은 잠시 자기들끼리 한쪽에 모여 서로 대화를 나누다가 마침내 영광과 기철에게 다가왔다. 그리고 그중 한 한국인 셰프가 말했다.

"64번 팀, 탈락입니다."

그 말을 면전에서 들은 영광과 기철의 얼굴이 일그러졌다. 영광은 씩씩거리며 곧바로 휙 뒤돌아 대회장을 나가 버렸다. 그리고 곧 기철도 축 처진 어깨로 터덜터덜 걸어 나갔다.

"집에 가나?"

수정이 약간 통쾌한 듯 그의 뒷모습을 보며 중얼거렸다.

"다시 돌아올 것 같진 않은데?"

"뭐, 그러거나 말거나. 아, 우리 어떻게 될까? 1등 하면 좋겠다! 그치?"

"응. 그럼 좋지, 당연히!"

수정은 기대감에 부풀어 심사 결과를 기다렸다.

곧 본선에 진출한 열 팀의 모든 심사가 끝났다.

심사위원들은 잠시 모여 점수 합산을 하고 간단하게 회의를 했다. 그리고 진행자에게 결과가 적힌 종이가 넘어갔다.

"자, 여러분, 주목해 주십시오. 심사 결과가 이제 제 손에 있습니다!"

본선 진출작 심사를 하는 동안 사람들은 본선에 오르지 못한 다른 참가자들의 요리를 시식하러 다녔고, 결과가 나올 때쯤에는 시식이 거의 끝난 상태였다.

구경 온 사람들과 참가자들은 진행자의 말에 가운데로 다시 모여들었다.

"여러분, 시식은 맛있게 하셨습니까?"

"네!"

"사실 본선 진출을 못 한 팀들의 요리도 거의 다 맛이 굉장했다는 후문입니다. 이미 본선 진출팀 선정 때부터 심사위원 분들도 굉장히 고민 많이 하셨다고 하더라고요. 자, 이렇게 다양하고 맛있는 이태리 요리를 맛볼 수 있었던 이번 대회, 그중에서도 최고의 요리를 선보여 주신 세 팀을 드디어 발표하겠습니다!"

사람들은 진행자를 쳐다보며 발표 결과에 귀를 기울였다.

"3등은, 행운의 7번 팀! 7번 팀, 단상 위로 올라와 주세요. 자, 여러분, 박수 부탁드립니다."

3등 팀은 남자 두 명이었는데 서로 하이파이브를 하고는 신이 나서 단상 위로 올라왔다. 주한 이탈리아 대사인 마테라치가 직접 트로피와 상금을 수여했고 사람들은 열심히 박수를 쳐주었다.

"3등은 이쪽에 잠시 대기해 주시고요, 2등 발표하겠습니다. 2등은… 88번!"

88번은 여자 둘이 한 팀이었는데, 2등으로 발표가 되자, 둘은 서로 부둥켜안으며 폴짝폴짝 뛰었다. 2등에게도 마테라치가 트로피와 상금을 수여했다.

"자, 이제 1등 발표만을 남겨두고 있는데요, 영예의 1등은……."

진행자가 1등을 발표하려 하자, 수정은 두 손을 모으고 주문을 외우듯 중얼거렸다.

"제발, 제발… 1등이어라……."

그리고 사람들은 누가 시키지도 않았는데 다함께 입으로 '두구두구두'를 낮게 읊조렸다.

"와, 알아서 긴장감 조성을 해주시는 군요! 아주 좋습니다.

1등은, 마테라치 주한 이탈리아 대사님이 직접 발표해 주시겠습니다."

진행자가 마이크를 마테라치에게 넘겼다. 그러자 사람들은 잠시 '두구두구두'를 멈췄고, 마테라치가 간단한 인사말을 했다.

"안녕하세요. 주한 이탈리아 대사 마테라치입니다. 이렇게 한국 분들이 이태리 요리에 대한 관심이 많으실 줄은 몰랐습니다. 참가 인원도 많았고, 또, 참가하신 모든 분들 실력이 대단하셨습니다. 참가해 주신 모든 분들, 또 구경 오신 많은 분들께 감사드립니다. 이제 1등을 발표하겠습니다. 1등은 이견이 없이 만장일치로 결정되었습니다."

통역사가 마테라치의 말을 통역해 주자, 사람들은 만장일치라는 말에 기대감을 드러내며 감탄하더니 또다시 '두구두구두' 소리를 내기 시작했다. 호검과 수정은 긴장한 상태로 마테라치의 입을 주시했다.

"1등은, 호기심을 자극하는 요리 이름에서부터 데커레이션과 맛, 어느 하나 놓치지 않은 45번 팀입니다! 축하드립니다. 45번 팀, 앞으로 나와주세요."

45번이 호명되기만을 바라고 있던 수정과 호검은 저절로 입에서 탄성이 터져 나왔다.

"와!"

"어머!"

하지만 다른 사람들의 박수 소리에 묻혀 그들의 탄성은 들리지 않았다. 수정은 탄성을 지르고는 아주 잠깐 멍하니 멈춰 있더니 갑자기 눈물이 글썽해서는 호검을 와락 끌어안았다. 호검도 얼떨결에 안긴 수정을 얼싸안았고, 사람들은 그들에게 더 큰 박수 세례를 보냈다. 그때, 진행자가 그들에게 말했다.

"오, 잘 어울리는 한 쌍이네요! 45번 팀, 축하드립니다. 앞으로 나와주세요."

진행자의 말에 수정이 정신이 번쩍 들었는지 얼른 호검에게서 떨어져서 얼굴을 붉혔다. 그러자 호검이 활짝 웃으며 수정의 손을 잡아끌었다.

"가자. 상 받으러."

$*$ $*$ $*$

호검과 수정은 단상으로 당당히 올라갔다.

"축하합니다. 정말 훌륭한 요리였어요."

마테라치가 활짝 웃으며 호검에게 트로피를 건넸다. 마테라치는 호검의 뛰어난 실력을 이미 알고 있었지만, 이번에 선보인 요리에 더 깜짝 놀랐다. 심사평 그대로 맛뿐만 아니라 데커레이션, 아이디어까지 모두 너무나 멋졌기 때문이다.

사람들은 그들이 트로피와 부상을 받을 때 우레와 같은 박수를 보내주었다. 수정은 처음 받아보는 환호에 조금 얼떨떨한 표정이었지만 호검은 날아오를 듯한 희열을 느꼈다. 얼마 전 칼질미션쇼에서 환호를 받았을 때는 그도 수정처럼 얼떨떨했었는데, 지금은 마음속 깊은 곳에서 뭔가 벅차오르는 감정이 느껴졌다.

　'와, 이거 이제 적응되네.'

　그는 요리로 1등을 해서 권위자들에게 인정받는 것도 좋았지만, 이렇게 많은 사람들이 자신들에게 환호를 보내준다는 것이 꽤 멋진 일이라는 걸 느꼈다.

　'오, 스타 셰프들한테는 사람들이 더 환호하겠지? 이 맛에 방송 하는 건가?'

　호검은 사실 남들 앞에 나서는 것에 별로 취미가 없었는데, 성공하려면 그런 것이 필요하다는 걸 알고 있었다. 사람들의 환호는 나중에 곧 파워가 되는 것이니까.

　하지만 그는 서두를 생각은 없었다. 실력을 모두 갖춘 후에 때가 되면 연달아 드러내 보일 것이다.

　수정과 호검은 2등 팀, 3등 팀과 함께 단체 사진도 찍고, 마테라치와도 기념사진을 찍었다.

　시상식이 끝나고 수정과 호검이 단상을 내려오자, 사람들이 몰려들어 질문을 던지기 시작했다.

"1등 축하드려요! 전 딱 모양만 보고도 이 팀이 1등 할 줄 알았어요!"

"되게 젊으신 것 같은데, 대단하십니다!"

"감사합니다."

수정과 호검은 사람들의 축하에 계속 고개를 숙이며 감사 인사를 전했다.

"근데 맛도 그렇게 좋다고 하니까, 먹어보고 싶은데……."

"혹시 남은 요리 먹어봐도 돼요?"

몇몇이 요리를 먹어보고 싶다며 호검과 수정에게 물었다. 이미 대회도 끝났으니 안 될 리 없었다.

"뭐, 다 식고 얼마 안 남았지만, 드셔보셔도 됩니다."

호검의 말이 떨어지기가 무섭게, 사람들은 우르르 호검과 수정의 요리로 달려가 서로 맛을 먼저 보려고 난리가 났다. 순식간에 요리는 동이 났고, 동작이 빨라 맛을 볼 수 있었던 사람들은 다들 행복한 표정을 지었다.

"와! 감동적인 맛이네!"

"기가 막혀. 식었는데도 완전 맛있어!"

"난 바닷가재 카르파치오만 먹어봤는데, 금화파스타 맛보신 분은 맛 어때요?"

"진짜 맛있어요! 전 금화파스타만 먹었는데, 바닷가재 카르파치오는 맛 어떤가요?"

"탱글탱글하고 새콤달콤하고 고소하고, 그냥 회를 간장이나 초고추장에 찍어먹는 거랑은 차원이 다른 맛이에요!"

"우와, 그거도 먹어보고 싶다."

코스 요리 네 가지를 모두 먹어본 사람은 한 명도 없었는데, 다들 서로 먹어본 요리에 대해 감상을 주고받으며 머리로라도 맛을 느껴보려고 했다.

먹어본 사람들이 다들 감탄하고 있자, 요리를 아예 하나도 못 먹은 사람들이 아쉬움에 입맛을 다셨다.

"아, 진짜 먹고 싶었는데!"

"그렇게 맛있어요?"

"전 레이어 스테이크 먹어봤는데요, 이건 진짜 먹어봐야 아는 맛이에요! 와, 또 먹고 싶네요. 너무 적게 먹어서 감질나요. 아, 다른 요리들도 먹어보고 싶다!"

수정과 호검은 자신들의 요리를 너무 좋아해 주는 사람들을 보니 뿌듯하고 기뻤다.

호검과 수정은 이제 깨끗이 비워진 접시들이 올려진 테이블을 다시 끌고 부스로 돌아가려고 했다. 그런데 한 사람이 호검을 붙잡고 물었다.

"저기, 혹시 지금 계신 레스토랑 이름이 뭐예요?"

그의 질문에 순식간에 주변이 쥐 죽은 듯 조용해졌고, 사람들의 시선이 호검과 수정에게 고정되었다.

"아, 저희가 아직 레스토랑을 하고 있진 않아요."

호검의 대답에 사람들은 다시는 이런 요리를 먹어보지 못할 거라는 생각에 실망감을 감추지 못했다.

"아……."

"그럼 이 요리를 맛볼 기회는 앞으로 없는 건가요?"

"언제 여세요?"

"열기만 하시면 무조건 찾아갈게요!"

사람들이 여기저기서 질문을 쏟아냈다. 호검과 수정은 난감하면서도 기분이 좋았다.

"말씀만으로도 감사합니다. 그런데 아직 열 계획이 없어서……."

사람들은 아쉬워하며 호검과 수정에게 실력을 썩히기 아깝다고 얼른 레스토랑을 열라고 성화를 부리다가 곧 흩어졌다.

사람들이 그들 주변에서 흩어지고 나자, 수정이 호검에게 말했다.

"난 나중에 이태리 레스토랑 해볼 생각 있는데."

"정말? 근데 힘들 텐데, 네가 직접 주방에서 일하려면 말이야."

"뭐 처음엔 좀 하다가 힘들면 그냥 사장 하고 요리사 쓰지 뭐. 난 메뉴 개발만 하고."

"아하, 그래도 되겠다."

"넌?"

"난 아직 생각 없어. 보쌈집 해봤잖아. 지금은 실력을 갈고 닦는 데만 열중하려고."

"나 만약에……."

수정이 뭐라고 더 말하려는데 강 이사가 불쑥 나타났다.

"우리 강 세프님!"

"아니, 강 이사님이 여기 어떻게?"

호검이 뜻밖의 인물 등장에 놀라 물었다.

"아버지한테 전해 들었죠. 여기 대회 나가신다고. 근데 제가 앞에 약속이 있어서 늦었네요. 부랴부랴 왔는데, 다 끝났네……. 어떻게 됐어요?"

호검은 웃으며 트로피를 들어 보였다.

"제1회 이태리 요리 대회 1등……. 1등? 1등 하신 거예요? 와, 역시! 축하드려요, 정말!"

"감사합니다."

"그럼, 이번에 1등 하신 요리, 제가 이번 주에 맛볼 수 있을까요?"

"아하하하. 원하시면요."

"무조건 원합니다! 와, 대회 처음부터 구경했으면 좋았을 텐데, 아쉽네요. 수상하시는 장면도 보면 좋았을 텐데. 그런데 이분은……?"

강 이사의 눈길이 수정에게로 향했다.

"아, 이번에 같이 대회 참가한 친구예요."

"여자… 친구?"

강 이사가 슬쩍 물었는데, 아무래도 강 이사가 아름다운 외모의 수정에게 호감이 있어 보이는 눈치였다. 그래서 호검은 일부러 대답을 하지 않고 애매하게 웃어 보이기만 했다. 그 웃음을 긍정으로 받아들인 강 이사는 수정에게 간단히 인사만 건네고 대회장을 떠났다.

강 이사가 떠난 후 수정과 호검도 곧 짐을 챙겨 대기 중이던 수정이네 차에 올랐다.

그날 저녁, 축하 파티를 하기 위해 호검이네 집으로 수정이 찾아왔다.

정국도 이 축하 파티에 참석하기 위해 일찍 일을 끝마치고 와 있었다. 오늘 파티는 정국이 중국 요리를 쏘겠다고 해서 배달을 시켰다. 호검도 오늘 대회에서 긴장한 채 요리를 하느라 또 직접 하기가 힘들기도 했고, 곧 중식당에 취직하니 왠지 중국 요리가 땡겨서 오케이를 했다.

중국 요리가 배달되고, 찹쌀 탕수육과 양장피, 깐쇼새우, 군만두가 아일랜드 식탁을 가득 채웠다. 찹쌀 탕수육은 호검이 원했고, 양장피는 정국이, 깐쇼새우는 수정이 원하는 메뉴였다.

"야, 우리 이거 다 먹을 수는 있냐?"

호검이 너무 많이 시킨 것 같아 걱정스럽게 말하자, 정국이 걱정 말라며 대답했다.

"남으면 냉장고에 넣어뒀다가 나중에 데워 먹으면 되지! 전자레인지가 그럴 때 쓰라고 있잖냐!"

"그럼 맛이 좀 떨어질 텐데?"

"뭐 그 정도쯤이야. 얼른 먹기나 하자!"

"아, 잠깐만!"

호검이 냉장고에서 강 이사에게 선물받았던 1985년산 샤또 디껨을 꺼내 왔다.

"그거, 지금 따려고?"

정국이 눈이 동그래져서 물었다.

"응. 오늘은 축하할 사람이 둘이잖아! 나랑 수정이. 이거 딸 정도로 축하할 상황 아닌가?"

"그럴 상황 맞는 것 같네! 근데 그거 너무 비싸서……."

"이게 그 100만 원 넘는다는, 아까 강 이사라는 사람이 준 화이트와인이야?"

수정도 호검에게 들은 적이 있었다. 그녀는 와인을 이리저리 구경하며 물었다.

"응."

"와, 이 비싼 걸!"

"뭐, 썩히면 뭐해. 먹자!"

"근데, 와인이 중국 요리에 어울릴까?"

"음, 이 깐쇼새우나 찹쌀 탕수육에는 어울릴 거야!"

호검이 시원하게 샤또 디껨을 땄다. 셋은 와인 잔에 몇만 원어치 와인을 붓고 건배를 했다.

"1등을 축하합니다!"

정국이 큰 소리로 외쳤다. 그리고 셋은 모두 조심스럽게 비싼 와인을 한 모금 들이켰다.

"캬. 요거 요거 맛있네. 비싸서 그렇지."

"향긋하고 좋다. 내 입맛에도 딱이야. 비싸서 그렇지."

정국의 말을 수정이 따라 하며 장난을 쳤다.

"자, 안주도 먹어봐. 이 집 맛있는지 모르겠네."

"튀김은 신발을 튀겨도 맛있대. 탕수육이랑 깐쇼새우는 무조건 맛있다는 거지. 하하하."

그들이 시킨 세 가지 요리는 먹을 만했다. 그들이 모두 워낙 기분이 좋아서 음식이 괜찮게 느껴진 것일지도 모르겠지만, 아무튼 셋은 신나게 요리들을 먹으며 대화를 나눴다.

"야, 근데 이탈리아 여행이 부상이라며? 너네 둘이 이탈리아 가는 거야? 언제 가?"

"그게 1년 안에만 가면 되는 거래. 우리 둘이 시간 맞춰봐야지."

"아, 그래? 근데 너 〈아린〉에 취직돼서 시간 나겠냐?"

"흠, 못해도 올해 중반까지는 바쁘겠지?"

호검의 말에 수정이 끼어들어 물었다.

"출근 언제부터야?"

"다음 주 월요일."

"내일모레? 그럼 몇 시 출근이야?"

"아침 9시 출근, 밤 10시 퇴근이야."

"헐. 완전 힘들겠다……. 계속 서 있을 거 아냐? 무거운 웍도 막 들고, 반죽도 하고, 하루 종일 칼질도 해야 하고."

"음, 난 아직 처음이라 설거지랑 채소 다듬기 정도 하지 않을까?"

"그게 제일 힘든 거 아냐? 차라리 요리를 만드는 게 쉽지."

"그런가?"

사실 호검도 조금 걱정이 되긴 했다. 하루 종일 서서 왔다 갔다 하며 멈추지 않고 일을 해야 할 테니까 말이다.

"아무튼 너도 곧 이 중국 요리를 만들게 될 거네? 이거라도 먹어보고 맛을 익혀놔. 이게 맛있는 건지는 잘 모르겠지만. 근데, 이제 너 중국 요리 배우면 우리 중국 요리도 맛보게 해주는 거야?"

정국이 기대감에 찬 표정으로 물었다.

"그럼! 그게 언제가 될지 모르겠지만. 최대한 빨리!"

호검의 목표는 천학수의 수제자로 뽑히는 것이었다. 1년에

한 번 있는 수제자 테스트에 통과해서 소문의 비밀 레시피를 알아내고, 중국 요리도 최대한 빨리 마스터해야 한다.

마침 천학수가 수제자와 사이가 안 좋은 지금이 호검에게는 절호의 기회였다. 어쨌든 첫 단추는 잘 꿰어진 듯했다. 천학수가 호검을 주방 막내로 뽑았다는 것은 그의 가능성을 보았다는 의미이기도 했으니까.

*　　　*　　　*

호검은 다음 날인 일요일은 첫 출근을 위해 하루 종일 푹 쉬었다. 그리고 드디어 월요일 아침, 그는 긴장된 마음으로 중식당 〈아린〉으로 출발했다.

호검은 일단 첫날이니 30분 일찍 〈아린〉에 도착했다. 그런데 아직 〈아린〉 문이 굳게 닫혀 있었다. 그는 추위에 떨며 문앞에 서 있었는데, 1~2분 뒤에 한 남자가 나타났다.

"아, 새로 온 주방 막내?"

"네. 맞아요. 근데 문이 안 열려 있어서……."

"반가워. 난 최현우야. 28살이고, 나도 얼마 전에 여기 들어온 신입이야."

"안녕하세요, 선배님. 강호검입니다. 26살이고요."

호검은 일단 뭐라 부를 만한 호칭이 없어서 선배님이란 호칭을 썼다. 그러자 현우는 〈아린〉의 문을 열쇠로 열며 말했다.

"뭐, 선배님까지야. 그냥 형이라고 불러."

"아, 네. 형."

"들어가자. 너 와서 나도 일이 좀 더 편해지겠다. 하하. 게다가 내가 막내도 아니고."

현우는 자기 밑으로 한 명이 더 들어와서 기분이 좋은 듯했다.

현우는 탈의실로 호검을 데려가서 조리복을 주었고, 자신도 조리복으로 갈아입었다. 호검이 조리복을 거의 다 입었을 때, 갑자기 현우가 분주하게 움직이며 호검에게 따라오라고 했다.

"차 소리 들린다! 재료상 왔나 봐. 따라와."

"네!"

호검은 빠릿빠릿하게 움직이며 현우를 쫓아갔다. 식당 주방의 뒷문으로 나가자, 채소를 가득 실은 트럭 한 대가 서 있었다.

"안녕하세요, 사장님!"

현우는 활기차게 인사를 했고, 곧 채소의 상태를 확인하기 시작했다.

"상태 다 괜찮네요. 호검아. 이 채소들 주방으로 옮기자."

"네!"

호검과 현우가 채소들을 주방으로 옮기고, 채소 트럭이 가고 나자, 이번엔 해물을 실은 트럭이 당도했다. 그리고 현우가 해물을 확인하려는 찰나, 삼십 대 중반 정도로 보이는, 그다지 인상이 좋지 않은 한 남자가 조리복을 입고 나타났다.

『탑 레시피가 보여』 4권에 계속…